極悪の秘宝

罷免家老 世直し帖 5

瓜生颯太

二見時代小説文庫

目次

極悪の秘宝——罷免《ひめん》家老 世直し帖5

第一章　謎の旅芸人一座

一

神無月《かんなづき》の二十日、木枯らしが落ち葉を舞い上がらせている。今年の秋は例年になく雨の日が多かった。おかげで傘張りの要望が跡を絶たず、来栖左膳《くるすさぜん》は多忙な日々を送った。

今日も従者の長助《ちょうすけ》を伴い、照降町《てりふりちょう》の傘問屋鈿女屋《うずめや》に張ったばかりの傘を納めに来た。

帰途、神田川《かんだがわ》に差し掛かったところで、聞くともなしに耳に入ってくるのは、

「心中だあ！」

という叫び声であった。

左膳は長助と顔を見合わせた。二人の横を大勢の男女が通り過ぎてゆく。

「物見高い者たちだな」

左膳は心中を見物する者たちの気が知れない。長助も関心がなさそうだ。

ところが、

「旦那さま……」

長助は指差した。

視線の先を追うと娘の美鈴《みすず》がいる。美鈴は心中に興味があるようで騒ぎの方へと歩いてゆく。

「しょうのない奴め」

左膳は苦虫《にがむし》を嚙んだような顔をした。

「旦那さま、どうするべ」

長助は見物に行くかと問いかけてきた。

「行かぬ」

不機嫌に返して左膳は歩き出した。

長助は何も言わず、左膳について来た。

自宅に戻った。

神田佐久間町《さくまちょう》、敷地二百坪の屋敷内には母屋、物置の他に傘張り小屋がある。その名の通り、傘張りに勤《いそ》しむための小屋だ。

板葺き屋根、中は小上がりになった二十畳敷が拡がり、戸口を除く三方に格子窓が設けられ、風通しを良くしているため、今の時節、肌寒い風が吹き抜ける。畳敷きに転がる傘骨がひときわ寒そうだ。

徳川《とくがわ》の世以前、人々は頭に被る笠《かさ》と蓑《みの》で雨を凌《しの》いでいたが、江戸の世になってから傘を差す習慣が広まった。当初は高級品で庶民の手には届かなかったが時代を経るに従って値段が下がる。更に使い古された傘の油紙を剝《は》がし、骨を削って新しい油紙に張り変える、張替傘《はりかえがさ》が出回るようになって庶民の日常品となった。

左膳のような浪人に限らず、台所事情の苦しい武士たちで傘張りを内職とする者は珍しくない。

左膳の張る傘は評判がよく、注文が途切れることはない。連日鉚女屋から油紙の破れた古傘が届けられる。

来栖左膳、五十を過ぎた初老ながら髪は光沢を放ち肌艶《はだつや》もいい。浅黒く日焼けした面差《おもざ》しは苦《にが》み走った男前、紺地無紋の小袖の上からもわかるがっしりとした身体つきだ。糊の付いた刷毛《はけ》を使う手はごつごつとしており、刀を持った方がぴったりとくる。

左膳は一昨年、文政《ぶんせい》二年（一八一九）の卯月《うづき》までは出羽国鶴岡藩《でわのくにつるおかはん》八万石大峰能登守《おおみねのとのかみ》宗里《むねさと》の江戸家老を務めていた。宗里は一昨年の正月、家督を継いで新藩主となったのだが、身贔屓《みびいき》がひどくお気に入りの家臣を登用し、耳障りな意見を具申する者を遠ざけた。

家中に不満の声が高まり、左膳は諫言《かんげん》をした。結果、宗里に江戸家老職を罷免《ひめん》される。宗里は家中に留まることは許す、と恩着せがましく言ったが、左膳はそれを良しとせず、大峰家を去った。

以来、江戸藩邸に出入りしていた傘問屋鈿女屋の世話で神田佐久間町の一軒家に傘張りを生業《なりわい》として、息子兵部《ひょうぶ》、娘美鈴と暮らしている。妻照江《てるえ》は四年前、病で亡くしていた。

四半時程して美鈴が帰って来て、傘張り小屋を覗いた。

美鈴は十九歳の娘盛り、薄紅の小袖がよく似合う。瓜実顔《うりざねがお》は目鼻立ちが整い、武家の娘と相まってとっつきにくそうだが、明朗で気さくな人柄ゆえ、近所の女房たちとも親しんでいる。

　女房たちは人柄ばかりか美鈴の学識に感心し、子供たちに手習いを習わせていた。美鈴も子供好きとあって、手習いの指導ばかりか、一緒に遊んでもいた。

「何処へ行っておった」

　左膳が問いかけると、

「神田鍛冶町《かじちょう》の呉服屋さんです。半襟でも買おうかと思いましたけど、良いのがなくって……」

　と、答えてから、

「あ、そうそう。心中があったんですよ」

　あっけらかんと美鈴は言った。

「ほう」

　無関心そうに返しながらも、左膳は興味が湧いてきた。美鈴によると、神田鍛冶町の醤油問屋の手代《てだい》と岡場所の遊女が心中したのだとか。

「曽根崎心中《そねざきしんじゅう》の影響らしいのです」

　美鈴は言った。

「曽根崎心中……」

左膳が首を傾《かし》げると、

「大坂《おおさか》の豊竹座《とよたけざ》で上演された近松門左衛門《ちかまつもんざえもん》作の人形　浄瑠璃《にんぎようじようるり》です。初演されたのは元禄《げんろく》、赤穂浪士《あこうろうし》の吉良邸《きらてい》討ち入りがあった頃ですから百年も昔ですね。その頃も心中が流行《はや》ったとかで、御公儀《ごこうぎ》は上演を禁止したのですよ」

近松の、「曽根崎心中」は大いなる評判を呼び、心中が流行る。

醤油問屋平野屋《ひらのや》の手代、徳兵衛《とくべえ》と遊女屋天満屋《てんまや》の女郎、お初《はつ》が心中へ向かう道行《みちゆき》の場面で語られる、

「この世の名残《なごり》、夜も名残、死ににゆく身をたとふれば、あだしが原の道の霜……」

で始まる詞章《ししよう》は名調子で人口《じんこう》に膾炙《かいしや》した。

心中が多発し、風紀を乱すとして幕府は上演禁止にしたのだが、あまりの名文である。それゆえ、幕政を担っていた側用人、柳沢吉保《やなぎさわよしやす》に重用《ちようよう》された儒学者荻生徂徠《おぎゆうそらい》でさえも暗唱していたそうだ。

「曽根崎心中」上演禁止後も心中の流行は続いた。

八代将軍徳川吉宗《よしむね》はこれを憂《うれ》い、まず、心中ではなく、「相対死《あいたいじに》」と呼ばせた。その上で、心中した男女の遺族には亡骸《なきがら》の引き取りを禁じ、弔《とむら》いを行わせないようにした。また、心中に失敗して生き残った男か女は晒し物にする。

「ああ、聞いたことがある。しかし、今でも、『曽根崎心中』は上演が禁止されておろう」

左膳が指摘すると、

「それが、こっそりと池之端《いけのはた》で芝居にして上演されたんです。人形浄瑠璃ではなく、お芝居として……役者が徳兵衛とお初を演じましたので、見物人には心中がより身近なものと意識されたようですよ」

大いなる評判となり、江戸で心中を遂げる男女が出始めたのだそうだ。

「由々《ゆゆ》しきことであるな」

左膳は渋面《じゅうめん》となった。

「父上にはわからないでしょうね」

ふとしたように美鈴は呟いた。

深い意味なく美鈴は言ったのかもしれないが、聞き捨てにはできない。

「なんだ、おまえ、心中に憧れの気持ちを抱《いだ》いておるのか」

左膳は危ぶみを示した。

美鈴は左膳の目を見てしっかりと答えた。

「憧れも肯定する気もありません。ただ、心中しようという男女の気持ちはわかるのです。この世で結ばれないのなら、あの世で添い遂げよう、という気持ちです」

「ほう……おまえ、まさか、愛《いと》おしく想う相手がおるのか」

心中という人の道に反する行いを美鈴が礼賛しているのではないとわかって安堵したが、好いた男ができたのかという父親としての心配が生じた。

「いません」

左膳の危惧を他所《よそ》にさらりと美鈴は言ってのけた。ほっとしたのと同時に残念な思いもした。美鈴も嫁入りの年頃なのだ。

鶴岡藩大峰家の江戸家老を続けていれば、家中のしかるべき重役の息子か、場合によっては藩主大峰家の親類縁者に嫁いでいたかもしれないのである。自分の意地で大峰家を去り、市井《しせい》に暮らすことになったせいで婚期を逸《いっ》しては、美鈴ばかりか亡き妻にも顔向けができない。

半襟を買いに行ったが気に入ったのがなくてやめたのも、暮らしぶりを考慮して節約に努《つと》めたのかもしれない。着物一枚どころか半襟購入にも気を遣う暮らしを強《し》いているのだとしたら、申し訳なさに左膳は苛《さいな》まれた。

思いもかけず、心中騒ぎが娘の行く末を気にかける父親にしてしまった。

幕府が禁じようが、人々の耳目《じもく》を集める事物は流行する。今後、読売《よみうり》や草双紙《くさぞうし》が心中を煽《あお》るように書き立てるのではないか。

「悪《あ》しき風潮だな」

左膳は嫌な予感に駆られた。

二

夕暮れとなり、左膳は神田相生町《あいおいちょう》の小料理屋、小春《こはる》に顔を出した。

箱行灯《はこあんどん》に灯りが灯され、暖簾《のれん》が夕風に揺れている。浅葱色《あさぎいろ》地に白字で小春と屋号が染め抜かれていた。

淡い行灯の灯りに気持ちが和《なご》み、懐かしさを覚えながら暖簾を潜《くぐ》ると店の中に入った。

「いらっしゃい」

女将《おかみ》が笑顔で挨拶をした。

小上がりに畳敷が拡がり、細長い台がある。客は台の前に座り、飲み食いできるような店構えだ。先客がいて、騒ぐことなく酒と料理を楽しんでいた。

「松茸《まったけ》がお勧めですよ」

女将に言われ、

「それはよいな」

思わず破顔《はがん》すると、

「土瓶蒸《どびんむ》しにしますか、茶碗蒸しでも美味しいですよ」

「そうだな……まずは、焼いてもらおうか」

左膳が返すと、わかりました、と女将は酒の支度をした。

春代《はるよ》という三十前後の女だ。

瓜実顔、雪のような白い肌、目鼻立ちが調《ととの》った美人である。笑顔になると黒目がちな瞳がくりくりとして引き込まれそうになる。

地味な弁慶縞《べんけいじま》の小袖に身を包み、髪を飾るのは紅色の玉簪《たまかんざし》だけ、化粧気はなく紅を差しているだけだが、匂い立つような色香《いろか》を感じる。

噂では夫に先立たれ、この店は死んだ亭主が営んでいたそうだ。夫は腕のいい料理人だった。春代は夫の味を守ろうと、奮闘しているのだった。

先客は出羽鶴岡藩大峰家の前当主、大峰宗長《むねなが》、今は白雲斎《はくうんさい》と号している。左膳は白雲斎に呼ばれてやって来た。ありがたいことに、白雲斎は左膳が大峰家を去ってからも小春で一緒に飲み食いするのを楽しみにしている。

白雲斎は二代藩主宗高《むねたか》以来の老中となった。老中職を全うするため、左膳に羽黒組《はぐろぐみ》を活用したいと申し入れる。公儀御庭番《おにわばん》とは別に、全国の大名の動き、京都《きょうと》、大坂、長崎などの重要直轄都市の情勢を羽黒組の諜報活動によって把握したいと願ったのだ。

左膳は受け入れ、自ら武芸鍛錬《たんれん》を施したばかりか、国許に送った。国許では、羽黒山に棲む草薙法眼《くさなぎほうげん》という修験者にして武芸者の下《もと》で修行させた。肉体と精神が鍛えられ、忍びとして一人前になった者を左膳は使い、諜報活動に従事させたのである。

また、江戸藩邸詰めの羽黒組の面々には傘張りも奨励《しょうれい》した。羽黒組に属する者は家禄の低い下士《かし》ばかりのため、平時、諜報活動に当たっていなくても暮らしの助けになるようにという左膳の配慮だ。

白雲斎は羽黒組から得た情報を平穏のために使った。大名家で御家騒動が勃発《ぼっぱつ》しそうだと探知すると、評定所で詮議《せんぎ》し、厳しい処罰を下すのではなく、幕府が介入する前に争いの火種を取り除くような動きをした。騒動を表沙汰《おもてざた》にせず、密かに解決に導いた。このため、白雲斎に感謝する大名家は多い。

白雲斎は切れ長の目を向けてきた。還暦を過ぎ、髪は白いものが目立つ。髷《まげ》も以前のように太くはないが、肌艶はよく、何よりも鋭い眼光は衰えていない。面長《おもなが》の顔に薄い眉、薄い唇が怜悧《れいり》さを漂わせてもいた。老中として幕政に辣腕《らつわん》を振るってきた威《い》厳《げん》を今も失ってはいない。

「白雲斎さま、困った風潮でござりますぞ」

左膳は心中の流行を語った。

「なんじゃ、珍しいのう、そなたがぼやくとは」

おかしそうに白雲斎は笑った。

「歳ですかな」

冷静さを取り戻し、左膳も失笑を漏らす。

「わしも老中であった頃、相対死が何件かあった。きっかけとなる一件が起きると、相対死はばたばたと連鎖《れんさ》して行われるものじゃ」

白雲斎は言った。

「流行り病のようなものですかな」

左膳の心中評に、

「そうであろうな」

と、白雲斎は肯定してから、嘆かわしいと言い添えた。

「病には源《みなもと》がございます。今回は上演禁止となっていた近松門左衛門の曽根崎心中であるようですな」

左膳は言った。

「流行り事は廃《すた》れるもの、だとすれば程なくして収まるだろう」

楽観的な見通しを白雲斎はした。

左膳もこの時はそう思った。

「それより……」

と、白雲斎は話題を変えた。

目つきが鋭くなっている。どうやら、左膳を呼び出した用件に入るらしい。そのつもりで左膳は猪口《ちょこ》を食膳に置き、居住まいを正した。

「亜相《あしょう》の丹兵衛《たんべえ》を覚えておるな」

白雲斎に問われ左膳は、「はい」と首を縦に振った。

亜相とは大臣に次ぐ官職、すなわち大納言《だいなごん》の唐名《とうみょう》である。白雲斎が老中の頃、東《とう》海道《かいどう》を荒し廻る盗賊一味がいた。東海道の遠江国《とおとうみのくに》見附宿《みつけじゅく》を拠点とし、東は武蔵国《むさしのくに》川崎宿《かわさきじゅく》、西は近江国《おうみのくに》大津宿《おおつじゅく》に至る東海道五十三次の宿場で盗みを働いた。

豪農や大店《おおだな》に押し入り、金品を強奪、抗《あらが》う者は情け容赦なく殺害、女は手籠《てご》めにした。手始めとなったのは、八年前、近江国大津宿の呉服屋近江屋《おうみや》への押込みであった。近江屋は都の公家にも出入りする老舗《しにせ》呉服屋であった。丹兵衛と一味は近江屋の主人夫婦と奉公人を殺害、金や呉服を奪ってから焼き払ってしまった。主人夫婦には一人息子がいたのだが、息子の行方は知れず、おそらくは焼死体の一つと思われた。

老舗呉服屋、近江屋押込みの一件は丹兵衛一味の凶悪さを世間に印象付け、その後、押し入り先の商家、豪農の中には無抵抗で金品を差し出す者が続いた。それでも、抗う者は情け容赦なく殺害され、焼き払われた。

丹兵衛は浜野《はまの》丹兵衛という浪人であった。浪人と言っても武家ではなく、公家に仕える青侍《あおざむらい》である。丹兵衛が仕えていたのは飛鳥小路公成《あすかこうじきみなり》という大納言であった。飛鳥小路家は朝廷を代表して幕府と交渉する武家伝奏《てんそう》の役目を担う家柄の一つであった。

丹兵衛は飛鳥小路家を去ってからも飛鳥小路家内に繋がりを持ち、自分の配下を飛鳥小路家の家司の部下に送り込んでいた。子分から飛鳥小路家の家紋入りの提灯《ちょうちん》、長持《ながもち》、衣服さらには会符《えふ》を受け取り、丹兵衛は盗みに活用したのだ。

盗品や刀を飛鳥小路家の家紋の入った長持に入れ、東海道を移動した。関所を通過する際、飛鳥小路家の荷は検《あらた》められることはないのだ。それでも丹兵衛一味が盗みを重ねるに及び、飛鳥小路家の荷も何度か検められた。

いずれも、正真正銘の飛鳥小路家の荷と確かめられ、飛鳥小路家から幕府に強い抗議が入った。このため、飛鳥小路家の荷は素通りとなった。数度の検問は丹兵衛に漏れていた、つまり、丹兵衛は関所の役人を買収していた、という噂が立ったが、偶々《たまたま》、検めた荷が本物の飛鳥小路家の物だったのか、丹兵衛が検問についての情報を得ていたのか、今以《もっ》て不明である。

いつしか、「亜相の丹兵衛」という二つ名で呼ばれるようになった。丹兵衛は二百人もの手下を抱えていた。天竜川《てんりゅうがわ》沿いに構えた屋敷は、周囲を堀が囲み、物見櫓《ものみやぐら》を構え、鑓《やり》、刀ばかりか鉄砲も備えた、まるで戦国時代の土豪《どごう》屋敷のようであった。

「討伐に手を焼きましたな」

左膳は感慨深そうに言った。

「腰抜けの代官、大名どもばかりであったからな」

白雲斎が苦々しそうに小さく舌打ちしたように、幕府の代官ばかりか大名も丹兵衛を見過ごしていた。遠江国は幕府直轄地の天領と大名、更には旗本の領知が混在している。それをいいことに、丹兵衛は捕方《とりかた》がやって来ると天領、大名領、旗本領に逃れる。捕方は領知を跨《また》いで追尾はできない点を利用し、まんまと捕方の追尾を逃れていた。

「丹兵衛の根城《ねじろ》は天領にありましたな。公儀の代官の肩を持つわけではないですが、代官所の手勢ではとても捕縛には向かえなかったのも無理はありませぬ。代官所の手勢はせいぜい三十人、しかも、そのほとんどが現地の農民。武具も満足になければ武芸の鍛錬を積んだ者も限られておりますからな。丹兵衛の根城を襲って捕縛するとなると、捕物というより、城攻めと呼ぶのが当たっております」

えてして代官は、任期中は事なかれで済ませる。丹兵衛捕縛などやって失敗しようものなら、責任を負わされ代官罷免か、悪くすると切腹させられるのだ。

しかし、こうした代官の事なかれ主義に不満を抱いた豪農が、遠江国内で犯した丹兵衛の盗賊行為を調べ上げて書面にし、江戸の北町《きたまち》奉行所に訴えた。北町奉行から上申された訴状を白雲斎は受け取り、左膳に丹兵衛一味の探索を行わせた。左膳は羽黒組を使って、丹兵衛の動きを調べ、丹兵衛が毎月、十日と二十日に見附宿で賭場を開帳することを突き止めた。

二百人が居住する土豪屋敷のような根城に籠っておられては、捕方ではなく討伐の軍勢を派遣せねばならない。天下泰平の世にあって、戦《いくさ》の経験など誰もいない。軍勢を編成し、指揮を執れる者もいない。

もちろん、兵法《へいほう》の知識を備えた者はいるが、実戦となると費用面ばかりか、泰平慣れした旗本たちの教練も行わねばならないのだ。それに、東海道を物々しい軍勢が進軍するとなると、街道筋は混乱する。

当然、追討軍のことは丹兵衛の耳にも入り、根城に着陣する頃には姿をくらましているだろう。

それが、宿場の賭場ならば、火盗《かとうあらため》改や火盗改を支援する腕の立つ旗本で捕方を編成すれば、丹兵衛をお縄にできる。

「そなたの調べを基に火盗改を中心に捕方を編成し、見附宿に向かわせた……」

白雲斎の言葉尻が濁ったのは、丹兵衛を取り逃がしたからだ。

丹兵衛は逃亡したが、丹兵衛が頼みとした有力な子分は捕縛できた。丹兵衛を取り逃がしたとはいえ、頭目《とうもく》を失った盗賊一味はばらばらとなった。根城に籠る一味が少数となったところへ捕方が襲撃し、焼き討ちにした。

「火盗改が火付けをした、と面白おかしく書き立てる読売もありましたな」

左膳が思い出すと、

「まったく、無責任なものじゃ」

白雲斎は苦笑した。

飛鳥小路大納言家に仕えていた丹兵衛の子分も捕えられたが、飛鳥小路公成は盗賊行為に関わりがないと見なされ、三十日の閉門で済まされた。

「その亜相の丹兵衛がいかがされたのです」

左膳が問いかけると、

「公儀御庭番が江戸で丹兵衛らしき男と残党を見かけたそうじゃ。あいにく、見失ったらしいがな」

不穏《ふおん》なことを白雲斎は言った。

「丹兵衛が盗みを再開したのですか」

「今のところ、盗みは働いておらぬようじゃが、気がかりなことがある。丹兵衛一味の盗品の行方じゃ。奴らは東海道をまたにかけて盗賊行為をしておった。回収されておらぬ金品も多い。盗品の回収に動き出したのではないか、と御庭番は考えておる」

ここまで聞いて左膳は白雲斎の意図に疑問を感じた。

「白雲斎さま、わしへの用向きとは……まさか、丹兵衛を捕縛せよ、などとは申されないでしょうな。それは、いかにも手に余ります」

首を左右に振って左膳が懸念《けねん》を示すと、

「そなたが大峰家の江戸家老であったなら、羽黒組を動かし、丹兵衛捕縛を命じたいが、いくらなんでも大峰家を離れたそなたに、それは命じられぬ。それに、羽黒組もそなたが離れてから探索の能力が衰えておる。よって、丹兵衛の探索は頼まぬ。実は御庭番から内々に頼まれたのだ。丹兵衛一味の所在を突き止めたなら、捕縛に力を貸して欲しい、となし」

改めて白雲斎はまじまじと左膳を見た。

「お言葉を返して申し訳ありませぬが、火盗改がいるではありませぬか」

左膳は疑問を返した。

「目下、火盗改の頭《かしら》は不在じゃ」

嘆くように白雲斎は答えた。

火付盗賊改方の頭は旗本の内、先手《さきて》弓組頭《ゆみぐみがしら》か先手筒組《つつぐみ》頭の加役として任じられる。任期は決まっておらず、火盗改が設けられて以来、二百人を超す頭が任じられてきた。天明《てんめい》から寛政《かんせい》にかけて勇名を馳せた、「鬼平《おにへい》」こと長谷川平蔵宣以《はせがわへいぞうのぶため》が約八年務めたのは、例外中の例外である。

今年の弥生《やよい》まで頭を務めた蒔田定交の後任は決まらず、目下、火盗改の頭は不在なのだ。また、火盗改は町奉行と違って、特定の役所があるわけではない。頭に任命された旗本の屋敷が役宅となり、先手組配下の与力、同心が火盗改の任に就く。

「間《ま》が悪いことに、火盗改の頭が不在、火盗改の与力、同心もいないとあってはな……南北町奉行所も多忙を理由に動きたがらぬ。それに、彼らにすれば、丹兵衛が盗みを働いていたのは東海道筋で江戸市中ではないからな。それで、老中から内々にわしに相談がきた。丹兵衛一味探索に功を挙げた、来栖左膳が頼られたのじゃ」

丹兵衛は江戸市中に潜伏しているそうだ。根城を見つけたら、左膳にも一肌脱いでもらいたい、と老中から頼まれたのだとか。おそらく丹兵衛は火盗改不在を狙って江戸に潜伏したのだろう。

悪名《あくみょう》を馳せた盗賊捕縛を頼られたのは、武士として光栄なことではある。

「丹兵衛の根城がわかったら、手助けを頼む」

左膳に了承させるためか、白雲斎は頭を下げた。老中の依頼を引き受けたからには白雲斎も後には引けないのだろう。

左膳とて旧主に頭を下げられては断れない。

左膳が承知したところで、春代が皿と小鉢を出した。皿からは松茸の得《え》も言われぬ香ばしい匂いが漂っている。小鉢にはおからが盛りつけられていた。おからと言っても侮るなかれ。左膳の好物であり、小春の名物だけあって、そんじょそこらのおからではない。

出汁《だし》がよく染み渡り、人参《にんじん》、牛蒡《ごぼう》、葱《ねぎ》、それに刻んだ油揚げが混ざっている。

左膳は松茸そっち退《の》けでおからを味わった。

三

二十五日の昼前、傘張り小屋で仕事をしていると、

「失礼します」

至極元気な声が聞こえた。

北町奉行所の定町廻り《じょうまちまわ》同心、近藤銀之助《こんどうぎんのすけ》である。近藤とは近藤が同心見習いの時に交流を持った。ある事件がきっかけとなり、左膳が近藤に力を貸し、近藤は手柄を立てて定町廻りに昇進した。

以来、公私に亘《わた》って相談を受けている。

「おお、しばらくだな」

左膳は上機嫌で近藤を迎えた。

近藤は左膳の前で礼儀正しく挨拶をした。

歳は二十歳過ぎ、少年の名残を留めた純情そうな容貌だ。町人のために役立つのが

八丁堀同心だという理想に燃えた誠実無比の若手同心だ。それゆえ、左膳は近藤に頼られるのがうれしくもあった。

「どうした。傘張りに興味を抱いたのか」

左膳が語りかけると、

「いえ、わたしはいたって不器用な性質《たち》で……」

近藤は手で頭を掻いた。

「何事も慣れだ。最初から巧《うま》い者などいない……ま、それはよいとして」

左膳は用件を問いかけた。

「ご存じでしょうか。今、巷《ちまた》では心中が話題になっています。幸い、流行《はや》るまでには至っていないのですが、よからぬことです」

近藤は正義感に溢れる若者同心らしい憂いを示した。

「わしも、悪い風潮だと思う。この世で結ばれないからといって、あの世で添い遂げられる、などという夢物語を信じては、おかしな生涯を遂げよう」

考えを述べてから心中がどうしたのだ、と左膳は問いかけた。

「おかしいのです」

近藤は言った。

だ。

「おかしいとは」

左膳は首を傾げる。

「二件の心中なのですが、これは表沙汰にはしておらぬ事がありますす」

南北町奉行所では心中に関しては取調べを行わない。亡骸を無縁仏として葬るだけだ。

また、遺族も身内から心中が出たとあっては外聞が悪く、特に商家なら営業にも関わる。それゆえ、人別帳《にんべつちょう》から籍を抜き、家との関わりを絶つのが常道《じょうどう》だ。

心中を否定する左膳であるが、興味を抱いてもいる。

「まさか、心中ではない、つまり、殺しだと申すのか」

そんな問いかけをしたのは興味が勝っているからだ。

「殺し……そうですね。殺しとも考えられます。すみません、曖昧《あいまい》なことを言ってしまって」

「どういうことだ」

「二件の心中した者の名前なのです。男は徳兵衛、女はお初というのです」

「二件ともか」

左膳が確認すると、

「そうです。しかも、徳兵衛、お初という名は近松門左衛門の曽根崎心中で心中を遂げる男と女の名前なのです」

「ほう、それは興味深いのう。して、二件の心中事件の徳兵衛とお初は何者だったのだ」

傘張り作業を止めて、左膳は問いかけた。

「最初の徳兵衛は曽根崎心中と同じ醤油問屋の手代でした。神田白壁町《しらかべちょう》にある醤油問屋、赤坂屋《あかさかや》です。お初の方は上野池之端《うえの》の遊女屋の遊女でした。ですから、曽根崎心中とは名前も素性《すじょう》も同じです。二件目の徳兵衛は上野黒門町《くろもんちょう》の大工でした。お初の方は同じ長屋の娘です」

「なるほど、二件目の心中は、名前は同じだが、曽根崎心中とは生業が違うということか。それにしても、偶々にしては偶然が過ぎるな」

左膳も何か臭うと感想を漏らした。

「その通りなのです」

わが意を得たりとばかりに、近藤は言葉に力を込めた。

「二件の心中に繫がりはあるのか」

当然の疑問を左膳は口に出した。

「今のところ、結びつけるものはわかっていません。相対死ですので、奉行所も探索はしていないのです。わたしが心中した者の遺族に多少の話を聞いただけです」

それによると醬油問屋の徳兵衛は生真面目で評判も良かったとか。お得意先にも気に入られていたのだがそれが仇《あだ》となった。ある日、お得意に誘われ、岡場所で遊んだ。その時はお得意持ちだったのだが、そこで相手をしてもらったお初に一目惚れをした。

「なまじ、生真面目なだけに徳兵衛はお初にのめり込んだ、というわけか」

左膳の推測に近藤は、「そうです」と答え、

「遊女屋に通い詰め、ついには店の金に手をつけるようになり、それが発覚するのを恐れ、お初と心中をしたようです」

「すると、無理心中かもしれぬな」

「そのようですね。心中現場であった遊女屋の一室は血の海でした。二人とも剃刀《かみそり》で咽喉を切り裂いていたのですが、お初の着物や髪はえらく乱れていましたから、徳兵衛が嫌がるお初の咽喉を切り、その後、自分の咽喉を……」

近藤は手刀を作り、自分の咽喉を切る真似をした。

「徳兵衛にしたら、惚れた女とあの世で添い遂げようとしたのだろうが、お初にしたら迷惑な話だな。いや、迷惑では済まないな。果たして、あの世で徳兵衛はお初と結

ばれたのだろうか……実に憐れなものだな」

暗澹《あんたん》たる思いで左膳は言った。

「憐れなのは、徳兵衛ですか、お初ですか」

ふとしたように近藤が問いかけた。

「……そりゃ、二人ともだ」

左膳は軽く舌打ちをした。

ここで、近藤は首を捻った。

「どうした。わしの申すこと、おかしいか」

左膳が問いかけると、

「徳兵衛が心中をしたわけなんですが、店の金に手を付けたことの他に近松門左衛門の心中物好きであったこともあるのでは、と想像するのです。店の手代仲間によると、『曽根崎心中』の芝居を見に行ってから、腫《は》れぼったい目をして、心中したい、と独り言を繰り返していた、とか。自分と同じ名前の男と惚れた女郎も作中と同じ、お初という名前ということに定めを感じたのではないでしょうか」

近藤は考えを述べ立てた。

「ほう、『曽根崎心中』が上演され続けておるのか」

若干の驚きと共に左膳は問いかけた。

「大坂から来た旅芸人一座が上演しておるのです。もちろん、上演は御法度《ごはっと》ですから奉行所が取り締るのですが、摘発《てきはつ》に立ち入ろうとすると姿をくらまして、別の場所で興行を打つのです。固定の贔屓客を持っているようで、場所を変えて上演しても繁盛しておるようなのです」

忌々《いまいま》しそうに近藤は唇を嚙んだ。

左膳は二件目の心中について話すよう頼んだ。近藤はうなずき語り出した。

「次に大工の徳兵衛ですが、お初との心中は身投げです」

まずは死因を語った。

二人はお互いの手、足を紐で結び、大川《おおかわ》に身投げをしたのだそうだ。

「同じ長屋なら、結ばれそうだがな」

左膳は疑問を投げかけた。

「ところが、そうでもないのです」

徳兵衛とお初の親同士が不仲だったそうだ。顔を合わせれば喧嘩をしていた。従って、二人が一緒になりたい、と言ってもお互いの両親は承知しなかったとか。

「この世で結ばれぬ、と二人は思い悩んだということか」

左膳の言葉に、

「そのようです」

「今更何を言っても仕方がないが、それなら、二人手に手を取って、駆け落ちでもすればよかったのだ。徳兵衛は大工であったのだろう。腕の良し悪しはわからないが、大工なら食っていけるのではないか」

左膳は正論を述べ立てた。

「それは、その通りですが、そう考える程の余裕もなかったのではないでしょうか」

「二人はいくつだった」

「徳兵衛が二十歳、お初は十八です」

「若い身空《みそら》だな」

左膳は言ってから、

「近松の曽根崎心中に出てくる徳兵衛とお初はいくつという設定だったのだ」

「徳兵衛が二十五、お初は二十一ですね。近松は実際に起きた心中事件を題材にしたそうです」

「二人の親は何か言っているか」

左膳は親の態度が気にかかった。

「さすがに、母親二人は一緒にしてやればよかったって、泣いていましたね」

母親に同情してか、近藤は首を左右に振った。

左膳は暗澹たる心持ちとなった。

次いで、

「大工の徳兵衛とお初は曽根崎心中に関心があったのか」

「それはわかりません」

「曽根崎心中と自分たちが同じ名前という影響で心中をはかった可能性はあるな」

「それは否定できませんが、なんだか偶然が過ぎるような気がするのです……わたしの考え過ぎでしょうか」

悩ましそうに近藤は問いかけた。

「そうじゃのう……二件の心中そのものに不審な点はないようだ。ただ、不審といえば、名前が二件とも曽根崎心中の徳兵衛とお初ということか」

左膳に指摘され、

「その通りです」

近藤は言った。

「そなたは、もし、偶然ではないとすればどのように考えるのだ」

改めて左膳は問いかけた。

「何者かが心中に関与しているのではないか、と」

答えてから、

「勘繰り過ぎでしょうか」

照れたように近藤は頭を掻いた。

「いかにも、芝居めいておるな」

左膳は否定しなかった。

「そうですよね」

「心中を煽《あお》ってなんとする。読売も心中を書き立ててはおるが、徳兵衛、お初の名前については記しておらぬな」

「それは伏せておりますので」

「二つの心中に繋がり、つまり、醬油問屋と大工の繋がりでも見つかれば、事件性が浮上してくるのだがな」

左膳の考えを受け、

「その通りです」

近藤は調べてみます、と言った。

どうやら、近藤は胸のうやむやを聞いてもらいたかったようだ。

「すみません。邪魔をしました」

近藤は一礼して立ち去った。

四

左膳の家を辞去してから近藤は今回の心中について調べ直してみようと思った。左膳相手に語ったことで、探索への欲求に駆られてしまったのだ。

上役には報告できない。

ただ、幸いなことに上演禁止の、「曽根崎心中」を上演している一座を取り締まる役目を命じられている。上方《かみがた》からやって来た旅芸人の藤村菊之丞《ふじむらきくのじょう》一座である。

上野不忍池《しのばずのいけ》の畔、浅草奥山《あさくさおくやま》、両国広小路《りょうごくひろこうじ》で上演していた。両国西広小路で上演しようとしたのを近藤は立ち入り、上演を中止させた。

それでも、したたかな連中だ。

きっと、どこかの盛り場で上演するだろう。藤村菊之丞一座が二件の心中に関係しているのかどうかは不明だが、座長の菊之丞にはじっくりと話を聞いてみたい。

まさかいるとは思えないが、両国西広小路にやって来た。案《あん》の定《じょう》、一座の姿はない。近くの矢場《やば》で一座について訊くと、すんなりと行き先がわかった。

大胆にも菊之丞は近日上演の引札を両国西広小路にばら撒いていた。ご丁寧に矢場には紙が貼ってある。向島《むこうじま》にある天神、通称霞天神《かすみてんじん》で一座は興行を打つそうだ。出し物はもちろん、「曽根崎心中」だが、他にも神楽《かぐら》や手妻《てづま》、籠脱け、水芸なども行うようだ。旅芸人である藤村菊之丞一座は、芝居だけではなく大道芸もやっている。芝居小屋も堺町《さかいちょう》にあって幕府官許《かんきょ》の中村座《なかむらざ》、葺屋町《ふきやちょう》の市村座《いちむらざ》、木挽町《こびきちょう》の森田座《もりたざ》といった江戸三座《さんざ》とは違って女役は女が演じている。

藤村菊之丞一座の、「曽根崎心中」が評判なのは、お初を演ずる女役者が若い男を魅了しているのだと近藤は耳にしている。

「舐《な》めた真似をしやがって」

近藤は一座への闘志を抱いた。

連中は神社ならば町奉行所の手入れが及ばないと考えたに違いない。町奉行所の同心ゆえ、摘発することはできないが、話を聞くことはできる。

近藤は霞天神に向かった。

霞天神はその名の通り、天神さまこと菅原道真《すがわらのみちざね》を祀《まつ》っていた。さほどに広くはない境内には天神名物の梅の木が植えられている。もちろん、今は時節外《はず》れとあって花を咲かせておらず、ただの枯れ木だ。

神楽殿の前に藤村菊之丞一座と思《おぼ》しき菰掛《こもが》けの見世物小屋が設けてあった。まずは参拝しようと拝殿に向かう。興行は夕方からだが、小屋の木戸前には大勢の男女が列を作っていた。冬晴れの昼下がりとはいえ、冷たい風に晒されているというのにご苦労なことだ。

拝殿前の賽銭箱《さいせんばこ》に賽銭を入れて柏手《かしわで》を打ってから小屋の木戸にやって来た。藤村菊之丞一座と記された幟《のぼり》が肌寒い風に揺れている。木戸番が、

「お初、徳兵衛の道行だよ。『曽根崎心中』は菊之丞一座でしか見物できないよ」

と、大きな声を張り上げていた。

その横を通り過ぎ、小屋の中に足を踏み入れようとすると、「暮れ六つからですよ」

と木戸番は止めたが、近藤の形《なり》を見て八丁堀同心と気づいたようで、

「旦那、ここは神社ですよ」

と、町奉行所の手入れはできないはずだ、と言外《げんがい》に注意を促した。

「手入れではない。話を聞くだけだ」

近藤はさっさと小屋の中に入った。

舞台の上では稽古が繰り広げられている。見たことはないが、「曽根崎心中」のようだ。舞台袖では三味線が奏され、義太夫節《ぎだゆうぶし》が語られている。稽古をつけている男が藤村菊之丞のようだ。

菊之丞は徳兵衛を演じているそうだ。座長であり看板役者でもあるのだろう。なるほど、縞柄の小袖を着流した立ち姿は、すらりとしており、細面《ほそおもて》の面構えは優男然《やさおとこぜん》としている。娘たちばかりか年増女《としまおんな》の耳目も集めそうだ。

菊之丞は近藤に気づき、

「なんや、あんた八丁堀同心はんかいな。ここは神社や。町方は入られへんで」

へらへらと笑いながら声をかけてきた。

見下したような薄笑いに腹が立ったが、

「北町の近藤と申す。本日は参拝に来たのだ。お主《ぬし》らの興行を邪魔立てする気はない」

穏やかに近藤は返した。

「こら、うまいこと、言うやないか。ま、ええわ。うちらここの天神さんで興行を打たせてもろうてんのや。あんたも、見物したらどうや。もちろん、木戸銭を払ってや」

菊之丞は舐めた態度を取り続けたが、町奉行所と敵対するのは得策ではないと思ったのか、舞台から下りて近藤の前にやって来た。間近で見ると、優男の面構えには不似合いに屈強《くっきょう》な身体をしている。肩幅が広く、胸板は厚い。

菊之丞には伝承《でんしょう》がある。

公家に勤める青侍の御落胤《ごらくいん》だというのだ。青侍は公家に仕えるだけあって、六位の位階《いかい》を持つ。決して高い位階ではないが、幕臣では布衣《ほい》に相当する。布衣の旗本は三千石から一万石未満の大身《たいしん》まで含まれる。町奉行や勘定奉行などの要職に就けば、従五位下に任じられる。従って身分上は大身の旗本並である。

母親は青侍の側室であったが、菊之丞を身籠ると正室に疎まれて御家を追われた。母親は引き続き京都に住み、菊之丞を産んだが十年後に亡くなった。菊之丞は男前と評判で上方歌舞伎の役者となったが、血統の関係で良い役に恵まれなかった。

それでも、女の贔屓客が多く、それが看板役者の妬《ねた》みを買い、一座を追われた。菊之丞は十八で旅芸人一座を立ち上げ、以来、上方を中心に評判を取るようになった。

上方の歌舞伎界を追われ、旅芸人一座を立ち上げた、という話は本当か本当に近いとしても、青侍の御落胤というのは眉唾《まゆつば》だろうと思っていた。一座の評判を高めるために、菊之丞がでっち上げたのだ、と見当をつけていたが、身体つきを見ると、武芸の鍛錬を積んだのを想像させる。青侍の子供かどうかはともかく、武士の血筋かもしれない。

「よく、ここで興行をさせてくれたものだな」

近藤が問いかけると、

「神主《かんぬし》さんが、曽根崎心中をお好きなのですよ」

言葉遣いを改め、菊之丞は答えた。

上方訛《なま》りが消え、武家風の口調になっている。やはり、武士の血が流れているのか武士の芝居をする上で身に付けたのか。あるいは、青侍の御落胤伝説に信憑性《しんぴょうせい》を持たせるために装っているのだろうか。藤村菊之丞という男、一筋縄《ひとすじなわ》ではいかないようだ。

また、曽根崎心中は大坂曽根崎新地にある露天神《つゆのてんじん》が舞台である。「曽根崎心中」好きの上演を許した神主はそれを意識したのだろう。

「そうか……」

複雑な気持ちになった。

「町方のお役人には悔しいかもしれぬが、こっちは悪いことをしておるわけではない。

むしろ、大勢の人に喜んでもらっている、と、善行を積んでいると自負しておりますぞ」

よほど面《つら》の皮が厚いのか、菊之丞は芝居で儲けていることを棚に上げ、慈善事業だとうそぶいた。

「だからと言って、どんな芝居でもよいものではない。心中は世の中を悪くする。心中が横行《おうこう》すれば、世の中の風紀が乱れる。人道が廃れ、懸命に生きようとする者たちにも悪い影響を与えるのだ」

感情に流されず、近藤は冷静な口調で批難した。

「小言なら聞き飽きましたな。あんた、ここで油を売っておらず、真面目に町廻りをしたらどうだ。上役に叱られますぞ」

冷笑を浮かべ、菊之丞は言った。

「余計なお世話だ」

つい、むっとして言い返した。

「十手《じって》御用でないのなら、帰ってくれ。見ての通り、稽古の最中であるからな」

菊之丞は目を凝らした。

表情が引き締まり、優男然とした面持ちが武張《ぶば》った。

「その前に話が聞きたい」

気圧《けお》されまいと、近藤は菊之丞との間合いを詰めた。

「あんたと話すことなどない……と言いたいところだが、ま、よかろう。何事も芸の肥やしというものだ」

目元を緩《ゆる》め菊之丞は受け入れた。

「ならば、尋ねる。芝居見物にやって来る客で特別に懇意にしておった者はおらぬか」

近藤は問いかけた。

「ご祝儀《しゅうぎ》を仰山《ぎょうさん》くださるご贔屓さんは居りますな。だが、あんたに教えるわけにはいかぬ。お咎《とが》めがあったら、迷惑がかかるからな」

菊之丞は冷然《れいぜん》と言った。

それを無視して、

「醤油問屋、赤坂屋の手代で徳兵衛を存じておるか」

近藤は問いかけた。

「徳兵衛……曽根崎心中の徳兵衛と同じ名前ですな」

菊之丞は記憶にない、と言い添えた。

「ならば、上野黒門町の大工、徳兵衛はどうだ」

近藤は問いを続けた。

「今度は大工の徳兵衛かいな」

おどけたように上方言葉を使うと、菊之丞は肩をすくめて首を左右に振った。

「心当たりないのか」

強い口調で確かめる。

「そんな、怖い顔せんといてくださいな。うちの一座の芝居には、大勢のお客さんがいらっしゃるのです。いちいち名前を確認して木戸を潜ってもらいませぬな」

もっともらしいことを菊之丞は言った。

「それはそうだが……何度も足を運んでくれる客もいるだろう」

「そういうお客さんは珍しくはないですな」

「お初という名の客もいるだろうな」

「おってもおかしくはないですわな」

「江戸市中で立て続けに心中が起きているのを存じておるな」

「読売で読んで知っております。まさか、北の御奉行所は菊之丞一座の芝居のせいだ、と難癖《なんくせ》をつけるのですか」

再び菊之丞は険しい顔をした。

「難癖だの言いがかりだのではない。ただ、二件の心中のうち一件は、上演は御法度の『曽根崎心中』に刺激を受けて心中をした、と伝えておく」

近藤の話を聞いても菊之丞は動ずることなく続けた。

「自らの命を絶つのは、その男と女の勝手ですな。菊之丞一座は心中を勧めているわけではない」

「それはそうかもしれぬが、御上《おかみ》が禁じてきたのは、芝居の悪影響を憂慮《ゆうりょ》したからだ。禁じた芝居をあえて上演し、実際に芝居を見物した者が心中した。そなた、心中した者に対して悪いとは思わないのか」

微塵《みじん》の反省もないどころか、町奉行の追及を逃れて上演を続ける菊之丞に怒りを禁じ得ない。

「なんで、罪悪感を抱かなければならないのですかな。我らは役者ですぞ。役を演じて、お客さんから銭を頂く、いわば生業です。信仰を広めておるのでも学問を講義しておるわけでもない。もし、我らの芝居を観て、心中しようって思ってくれたら、そりゃ、役者冥利《みょうり》というものです。我らの芝居が真に迫るものだった、ということになるのですからな。うちの考え、間違《まちご》うてますやろか」

憎らしい程のふてぶてしさで菊之丞は開き直った。

殴ってやりたい、という衝動に駆られたが、こいつは殴られたら、それを言い立てて、客寄せに利用するだろう。町奉行所の同心に虐待《ぎゃくたい》されても屈しない、などと宣伝するのではないか。

つくづく、狡猾《こうかつ》な男である。

「いつまで江戸におるのだ」

近藤は話題を変えた。

「お客さんが観に来てくださる限りは興行を打たせてもらいます。旅芸人はお客さん次第ですな。浮草《うきくさ》のような身ですから、気楽なものですわ」

声を上げて菊之丞は笑った。

「江戸以外の地にもそなたらの芝居を待っておる者たちがおろう」

「おや、所払いにできないものだから、こっちから出て行かそうという腹かいな」

菊之丞はおどけた仕草《しぐさ》をした。

「曽根崎心中以外の芝居をやったらどうなのだ。それとも、他の演目はできないのか。藤村菊之丞一座は上方で評判を取っているそうではないか。人気役者、藤村菊之丞なら、様々な芝居ができよう。そうだ、そなたの大星由良之助《おおぼしゆらのすけ》を見たいな……塩谷判官《えんやはんがん》でもよいが」

近藤は、「仮名手本忠臣蔵《かなでほんちゅうしんぐら》」を持ち出して挑発した。菊之丞はいささかも取り乱すことなく、

「大星由良之助も塩谷判官でも、なんなら高師直《こうのもろなお》でも、いくらでも、できますわ」

と、けろりと言ってのけた。

「ならば、他の演目をやればよいだろう」

近藤が畳み込むと、

「わたしは一座の看板役者であり、座長です。座の者たちを食わせなければならないのですぞ。お客が入る演目をやるのは当然。しかも、『曽根崎心中』は御上から禁止された演目。江戸の堺町の三座がようやらん演目やで。情けないことにお江戸のお役者さんは御上を憚《はばか》って上演できんのや。こんな面白い演目を……我ら上方の役者として、役者の魂を見せてやりたい。江戸のお上品な役者や芝居とは違う、上方の芝居をな」

上方言葉と武家言葉を交じらせ語り終えると菊之丞は舞台のようにみえを切った。

これには近藤も口を噤んだ。

「どうしましたか、天満同心、いや、八丁堀同心の旦那。ああ、そうだ、八丁堀同心

は江戸っ子の粋《いき》を代表するそうですな。近藤さん、粋な江戸っ子気質を見せてください」

菊之丞はからかうようだ。

「粋や鯔背《いなせ》とは無縁のわたしだ。わたしは野暮天《やぼてん》だ。でもな、野暮天でいいと思っておる。役人が粋であったなら、世に秩序は生まれない。乱れた世だ」

近藤が反論すると、

「ご立派ですわな。あんたとは永久にわかり合えませんわ。そんでもええんですけどね」

話は終わったとばかり菊之丞は舞台に視線を向けた。

「それはわたしの台詞《せりふ》だ」

近藤はくるりと背中を向け、木戸口に向かった。ふと振り返ると舞台では芝居の他に神楽の稽古もされていた。派手な衣装を身に着けた男女が蜻蛉《とんぼ》を切ったり、宙返りをしている。身軽で敏捷《びんしょう》な動作に近藤は見惚れた。

男たちが数人、短刀投げを始めた。

女が両手を広げ、磔《はりつけ》にかけられた格好で板を背に立つ。

二人の男が交互に短刀を投げる。

各々の短刀は女の顔や肩、すれすれに刺さっていった。

「平吉《へいきち》、寛吉《かんきち》、その調子やで」

菊之丞は二人に声をかけた。

平吉と寛吉は人相がよく似ている。双子の兄弟のようだ。

他にも飄《ひょう》々《ひょう》とした動きで笑いを誘う子供がいる。子供にしては宙返り、短刀投げ、お手玉などの神楽芸も実に達者だ。目を凝らすと、大人びた顔つきである。

いや、大人びているというよりは大の男である。口の周りに薄っすらと無精ひげが生《は》えていた。四尺《しゃく》そこその小柄な男であった。

「権太《ごんた》、幕が開いたら、その調子で頼むよ」

菊之丞が声をかけた。

「任せてよ」

子供のような言葉遣いだが、権太の声は野太かった。心中物の芝居よりこうした大道芸の方が面白い、と近藤は思った。

近藤が小屋を出て行ってから、男が入って来た。白衣に紫の袴という神主装束《しょうぞく》を身に着けている。霞天神の宮司《ぐうじ》、竹田兼見《たけだかねみ》であった。

「連日、盛況であるな」

竹田は菊之丞に朗《ほが》らかに声をかけてから、声を潜《ひそ》め、

「隠し場所、わかったのか」

と、問いかけた。

「まあ、そう、焦りなさんな」

諫《いさ》めるように菊之丞は返してから権太を呼んだ。権太が近づいて来ると、

「地蔵の権太や。権太が行方を探っているわ」

菊之丞は言った。

竹田は権太に視線を向けて、

「見つけたのか」

と、横柄《おうへい》な口調で問い質《ただ》した。

「まだだよ。でも、座長が言ったじゃない。焦っちゃ駄目だよ」

目上の者に対する言葉遣いではないが、地蔵のような面差しと子供のような小柄さゆえ、嫌味はない。むしろ、風貌《ふうぼう》に合っている。

竹田は軽くうなずき、

「広い江戸、闇雲《やみくも》に探しても無駄足ばかりだぞ」

「闇雲に探してはいないよ。ちゃんと、拠り所があるのさ」

権太はにこにこと笑った。

「どんな拠り所だ」

竹田は目を凝らした。

「稲荷《いなり》の佐吉《さきち》さんから聞いたんだ。傘を辿《たど》れってね。あと、稲荷もだけどさ」

笑みを深め権太は答えた。

「なんだ、傘を辿れとは……稲荷を探せとは、佐吉の二つ名に由来するのか」

首を捻り、竹田は問いを重ねる。

「内緒だよ。まあ、見つけてからのお楽しみ。じゃあ、おいら、お宝探しに行くからね」

権太は軽やかな動きで小屋を出て行った。

竹田は苦々しそうな顔を菊之丞に向け、

「佐吉がやられたのは痛かったな」

と、嘆いた。

「佐吉は、亜相の丹兵衛一味の盗品の管理責任者やったからな。あいつは、盗んだ千両箱、財宝の半分を江戸の何処かに隠した。丹兵衛一味が東海道の宿場を荒らしていることから、火盗改は盗んだ金や品物も東海道の何処かに隠していると考えるだろうと踏んで、火盗改のお膝元、江戸に隠した。裏をかいたわけや」

菊之丞の話を受け、

「佐吉は切れ者だった」

またも竹田は佐吉を惜しんだ。

稲荷の佐吉という二つ名は、無類の稲荷寿司好きということと、行く先々で見かけた稲荷には必ず立ち寄って参拝することからつけられた。

佐吉は三年前に丹兵衛一味が火盗改に捕縛された時、数人の配下と共に千両箱と盗品を江戸に運んだ。その際、藤村菊之丞一座に紛《まぎ》れ川崎宿まで進んだ。その後、米俵に入れて江戸に運び込んだ。

まんまと、千両箱と盗品を江戸の某所《ぼうしょ》に隠してから、川崎宿に戻ろうとした。しかし、多摩川《たまがわ》を渡ったところで幕府の捕方に追われた。佐吉は手傷を負いながらも菊之丞一座の芝居小屋に辿り着いた。この時、佐吉を介抱したのが権太だった。

手当の甲斐なく佐吉は死んだ。今際《いまわ》の際《きわ》に千両箱と盗品の隠し場所の手がかりを権太に言い残したのだった。

「権太の言うこと、信用できるのか」

竹田は疑った。

「お宝を得たかったら、信じるしかないな」

さらりと菊之丞は言ってのけた。

「あいつ、お宝を独り占めにする気ではないのか」

「それなら、うちの一座に寄り付くものか」

菊之丞に指摘され、それもそうだ、と竹田は認めてから、

「権太は菊之丞一座の座員ではないのか」

「座員やないな。身軽で曲芸が達者やから、時々気が向いたら一座に加わるのや。座員やったら、興行がない時でも手間賃を払ってやったり、飯を食わせなあかんけど、権太は舞台に上がった時だけの手間賃で済むから便利使いができてええのや。それに、『曽根崎心中』のように辛気臭《しんきくさ》い芝居の前に見物人の笑いを取るのは、めりはりがついてええのや」

菊之丞は言った。

「なるほどな。それにしても、『曽根崎心中』などという陰気な芝居、よくも評判になるものだな」

理解できない、と竹田は首を左右に振った。

すると、木戸口から男と女が入って来た。

「おいでなすった。心中に憧れる阿呆《あほう》どもが」

菊之丞は小声で悪態を吐《つ》くと満面に笑みを広げ、

「よう、来なさったな。ほんなら、みっちり、徳兵衛とお初の道行、心中の心構えを教えましょうか」

と、男女に近づいた。

男が礼金ですと、二十五両入りの紙包、すなわち切り餅を二つ菊之丞に差し出した。

菊之丞は礼を言って受け取り、男女を楽屋へと案内した。

五

左膳の息子来栖兵部《ひょうぶ》は一人、道場の近くの稲荷に参拝をした。

兵部は鈿女屋の主次郎右衛門《じろうえもん》が用意してくれた神田明神下《みょうじんした》の道場で来栖天心流《てんしんりゅう》を指南している。

来栖天心流という江戸では聞きなれない流派であることもさりながら、兵部の稽古が厳し過ぎるので、せっかく入門しても数日と保《も》たずに辞めるため、門人が居つかずにいた。見かねた次郎右衛門が剣術好きの町人を斡旋《あっせん》し、門人に加えた。兵部も町人相手に厳しい稽古を強いるわけにはいかず、面や防具を着けさせて、剣術の基本を指南している。

元来は、狭い場所で威力を発揮する来栖天心流に不満を抱き、大胆に剣を振るう剛《ごう》剣《けん》に取り組んでいた。道場破りなどもやって来る。大抵の道場が適当な路銀《ろぎん》を渡して帰ってもらうのに、兵部は腕が試せる好機だし、様々な流派の剣を知ることができると歓迎し、遠慮なく打ちのめしてきた。

町人相手の剣術指南に物足りなさを感じるものの、食っていかねばならない現実がある。剣客としての望みを封印し、道場主として暮らしている。

ここ数日、門人たちは感冒《かんぼう》を患《わずら》って欠席している。したがって閑《ひま》を持て余し、近所を散策がてら溜まった家賃を鈿女屋に届けようとしていた。

二十六歳、六尺近い長身、紺地無紋の小袖の上からもがっしりとした身体つきだとわかる。肩は盛り上がり、胸板は厚く、首は太い。面長で頬骨の張った顔は眼光鋭く、眦《まなじり》を決し歩む姿は、剣を究めようという求道者の如きであった。

すると、

「お侍さま、お助けください」

と、娘が駆け込んで来た。

「どうした……」

と、確かめるまでもなくいかにも乱暴そうな男たちが追いかけて来た。二人の男が娘を追っている。見たところ娘は二十歳前後だ。娘は隠れるように兵部の背後に回った。

「大の男が二人がかりで娘を追いかけておるとは穏やかではないな」

兵部は二人に言った。

「その女が舐めた真似をしたんだ」

男は娘に足を踏まれたと言った。

「だからって、二人がかりで追いかけることはあるまい」

兵部は言った。

「お侍、娘を渡してもらおうか」

伝法《でんぽう》な物言いで男は言った。

「そんなわけにはいかぬな」

兵部は二人に立ちはだかった。

「この、三一《さんぴん》」

一人が殴りかかってきた。兵部はひょいと避けると男の足を引っかけた。男は前のめりになって転んだ。

もう一人が、

「てめえ、やるか」

やけに威勢はいいが、及び腰である。

「うるさい」

一喝《いっかつ》すると兵部は相手の頬を張り飛ばした。二人は、

「覚えてやがれ」

というありがちな捨て台詞を吐いて逃げて行った。

兵部は振り返った。

「性質《たち》の悪い男たちであったな。用心して帰れ。念のため、おれの素性を申しておく。神田明神下で剣術道場を営んでおる、来栖兵部と申す」

兵部が名乗ると、

「本当にありがとうございました」

娘は丁寧に腰を折って立ち去った。

稲荷を出ると女は足早に進んだ。

すると、前方を二人の男が立ちはだかった。兵部に痛い目に遭わされた二人組である。

ところが、女は恐れるどころかきつい目をして、

「下手な芝居はやらなくたっていいんだよ」

と、二人の男を叱りつけた。

二人はぺこりと頭を下げて、

「姐《ねえ》さん、すんません」

「つい、昔の癖で」

女は、

「豆六《まめろく》、松吉《まつきち》、そんなに芝居がやりたいか」

背の高い方が豆六、ずんぐりとした男が松吉である。

「へへ、好きなもんで」

豆六は言った。

「それより、姐さん……」

松吉は両手を揉んだ。

女は帯に手を挟み財布を取り出した。男物の財布である。

「随分と腕の立つお侍だったけど、どれくらい持っているんだろうね。剣術道場の道場主だそうだから、門人の礼金がわんさか入っているかもね」

期待に目を輝かせ、女は財布を開けた。

たちまちにして失望の色が浮かんだ。

「なんだい、しけてやがるね」

銭ばかりで金貨といえば、一分金《いちぶきん》が一つ、一朱金《いっしゅきん》が何枚かだ。

「全部で一分とちょっとだよ」

女が嘆くと、

「鎌鼬《かまいたち》のお雪《ゆき》姐さんもやきが回ったんじゃないですか」

豆六は言った。

「うるさい」

お雪は財布で豆六の頭を叩いた。

鎌鼬のお雪、腕利きのすりである。手に剃刀を忍ばせ、鎌鼬のように相手の着物の袖を切って財布を奪うことを得意としている。

「ああいう武骨《ぶこつ》なお侍が案外と持っているもんなんだがね」

お雪は見込みが外れた、と渋面を作った。

次いで、

「ま、いいや、そらよ、二人で分けな」

お雪は財布を豆六に渡した。

「すんませんね。姐さんの取り分は」

豆六は言ったが、

「あたしゃ、いらないよ」

お雪は言うと、

「ありがとうございます」

豆六が礼を言い、

「次はいいカモを見つけますんで」

松吉は言った。

お雪は足早に去っていった。

六

兵部はなんとなく気分が良くなって祠《ほこら》に向かった。

「神さま、良いことをしたので、良いことが起きますように」

言いながら賽銭を投げようと袂から財布を取り出そうとした。

「あれ……」

財布がない。

「忘れてきたか」

と、記憶の糸を手繰《たぐ》り寄せるように虚空《こくう》を見上げた。道場を出る時、確かに小袖の袂に入れた。

途中で落としたか。

それもあり得ない。

とすると……

更に袂を探ると、

「やられた」

兵部は手で額を叩いた。

袖がすっぱりと切られていた。

「おれとしたことが、やきが回ったな」

兵部は首を左右に振った。

すぐに現実は押し寄せてきた。

「今月の家賃……どうするか」

兵部は言った。


お雪はぶらぶらと散策をしたが、ふらりと箱行灯に引かれるようにして一軒の小料理屋に入った。

中々雰囲気のいい店である。

女の一人客に女将は戸惑いの表情となった。

「女将さん、ですね」

お雪は問いかけた。

「そうですけど」

春代は小首を傾げた。

「女一人ではいけませんか」

お雪は訊いた。

「あ、いえ、そんなことはないですよ。さあ、どうぞ、お座りになって」

春代に勧められてお雪は腰を下ろした。

「美味しそうな、お料理ですね」

お雪は言った。

大皿には里芋《さといも》と茄子《なす》の煮物があった。

「お酒は……」

春代が確かめると、

「いいえ」

お雪は首を左右に振った。春代は里芋と茄子の煮物を小鉢に盛り付けてから、

「栗ご飯があるけど、食べる」

春代は気さくに声をかけた。

「まあ、うれしい」

お雪は栗ご飯を貰うと頼んだ。

用意された栗ご飯をお雪は嬉々として食べ始めた。思わず、笑みがこぼれる。

「女将さん、本当に美味しいです」

お雪に誉められ、

「お世辞《せじ》でもうれしいわ」

春代は照れ笑いを返した。

「お世辞じゃないですよ」

真顔でお雪は言い張った。

春代はお吸い物も用意した。椎茸《しいたけ》と葱のお吸い物である。好みで山椒《さんしょ》を入れるように春代は言った。

お吸い物は心身共に温まった。

すると、ぱらぱらと数人の客が入って来た。みな、身形《みなり》のいい商人風の男たちであった。春代は手際よく、客の注文を聞いて、料理や酒を用意する。

さらに、数人の客が入って来た。

「あらあら、今日は忙しいわね。福の神かしら」

春代はお雪を見た。

お雪はすっと立ち上がり、お盆に徳利《とっくり》と猪口を載せ、客に持っていった。

「いいのよ、ゆっくり食べて」

春代は遠慮したが、

「もう食べましたから……襷《たすき》と手拭をお借りしますね」

気さくな調子でお雪は問いかけてから手拭を姉さん被りにし、襷を掛けた。次いで、かいがいしく客の注文を聞いて回る。

「里芋とお茄子、美味しいですよ」

と、勧めたり、下戸《げこ》がいると栗ご飯を勧めた。

「いい娘が入ったね」

客からお雪のことを言われ、春代は曖昧な笑顔を向けた。

忙しいままに暖簾を取り込んだ。

「ごめんね。つい便利使いをしてしまって」

春代はお辞儀をした。

「構わないですよ。あたしの方から買って出たんですから……あ、そうだ。お勘定までですね」

お雪は勘定を払おうとした。

「お代は取れないわ。却《かえ》って、こちらから手間賃を払わなきゃいけない」

春代が言うと、

「女将さん、あたしを雇ってくれませんか」

お雪はぺこりと頭を下げた。

「それは助かるけど……」

春代は戸惑いを示した。

「すみません、何処の馬の骨ともわからない女をいきなり雇えだなんて」

お雪はまず名乗った。

「お雪ちゃんね」

春代はにこやかにうなずいた。

「あたし、身内がいないんです」

お雪は言った。

改めて春代はお雪を見返した。身寄りがいないとはどういうことだろう。少なくとも、幸せであったはずはない。きっと、辛い目に遭ったのだろう。

火事か病かそれとも……

春代の心中《しんちゅう》を察したようにお雪は打ち明けた。

「心中《しんじゅう》です。あたしは、五年前に心中をしたんです。ですけど、あたしだけが死にきれなくて」

お雪は涙ぐんだ。

「あら……」

春代は言葉が出てこない。

お雪は続けた。

相模国《さがみのくに》、川崎宿近在の百姓の家に産まれたお雪は女中奉公に出た庄屋の息子と恋仲になった。一緒になるつもりだったが、相手の両親に反対された。

思い詰めてお雪と男は海に飛び込んで死のうとした。

しかし、

「あたしは、泳げたんです」

お雪は泳ぎが達者であった。

「馬鹿ですね。ほんと、馬鹿ですよ」

自嘲《じちょう》気味な笑いをし、お雪は自分の馬鹿さ加減を嘲笑《あざわら》った。つい、お雪は泳いでしまった。それで、生き残ったのだ。

相対死は御法度、お雪は晒し物にされた後に村から追い出されたのだった。

「それからは、死にきれない女っていいますかね」

はっきりとは言わなかったが、お雪は辛い目に遭いながら生きてきたのだろう。

「すみません。あたしなんか、雇っては迷惑ですよね」

お雪は言った。

「構やしないわ。お雪ちゃんさえよかったら、うちで働いてくれない」

春代に頼まれ、お雪は礼を言ってお辞儀をした。


小春を後にした。

「どうしたのかしら」

自分でも意外であった。どうして、小料理屋で働く気になったのだろう。カモを目当てで入った店なのだ。

それが、なんとなく働きたくなってしまった。女将と接するうちになんとなくほんわかとした気分に浸ってしまったのである。

「柄にもないね」

お雪は石ころを蹴飛ばした。

第二章　心中と殺し

一

明くる二十六日の朝、道場で兵部は家賃を払えず、「困った」という嘆きを繰り返していた。

こんな時に、家主である傘屋、鈿女屋の主人次郎右衛門がやって来た。

兵部は玄関脇の支度部屋で、

「実はのお……」

財布をすられたことを打ち明け、

「まことに情けなきことに、そんな失態ゆえに家賃を待って欲しい」

と、頭を下げた。

次郎右衛門はうなずき、

「承知しました。いつでも、よろしゅうござります」

いともあっさりと承知してくれた。

ほっとする反面、拍子抜けというか侮られているようであり、自分の不甲斐《ふがい》なさが募《つの》った。

「何か手っ取り早く稼ぐ方法はないものかな」

門人たちは流行り病で臥《ふ》せっている、と兵部は嘆いた。

「ないこともないですぞ」

意外にも次郎右衛門は勧めたい仕事があるようだ。

「傘張りは勘弁してくれよ」

兵部は右手をひらひらと振った。

「兵部さまに傘張りを頼もうとは思いませんよ」

次郎右衛門が頭《かぶり》を振った。

「では、なんだ。盗人でもやれというのか」

冗談を返すと、

「くノ一狐《きつね》……ですよ」

次郎右衛門は答えた。

「くノ一……なんだと……」

ぽかんとなって兵部は次郎右衛門に問い返した。

「くノ一はご存じでござりましょう」

真顔で次郎右衛門は確かめた。

「女忍びだろう。女という文字を『く』『ノ』『一』に崩して呼ぶ」

面白そうだな、と兵部は興味を示した。

「くノ一のような盗人が出没しておるのです」

「ほう、それで、くノ一はどんな盗みをしておるのだ」

「商家に盗みに入って、お稲荷さんから油揚げを盗んでおるのです」

次郎右衛門は両手を揃えて前に出し、狐の格好をした。

「商家の中にある稲荷から稲荷を盗むから狐というわけか。それで、千両箱の一つも盗み出すのか」

兵部は首を捻った。

「それが、盗むのは油揚げだけなのですよ。あと、狐と呼ばれておるのは、油揚げを盗むことに加えて狐のお面を被っているからだそうです」

「二つ名の由来はわかったが、何故油揚げなんぞ盗むのだ」

「それがわからないのです。盗みに入られた商家も被害が油揚げ一枚とあっては御奉行所を煩《わずら》わせるのも憚かられるとあって、事件にはなっておりませぬ。それどころか、くノ一狐に盗み入られた商家は繁盛する、などという噂も出る始末なんです」

「商家にとっては福の神が舞い込んだのかもしれぬな。ならば、捕縛する必要もないのではないか。それに、油揚げ一枚盗むなど、どれ程の罪を問えるのだ。言ってみれば子供の悪戯《いたずら》だぞ」

兵部は言った。

「確かに子供の悪戯のようですが、わたしはそうは思いません」

次郎右衛門は真顔になった。

「どうした」

兵部が訝《いぶか》しむと、

「これはきっと大きな盗みの前触れなのです。くノ一狐の背後には大きな盗人集団とか悪党が控えておるのです。そいつらは、江戸を焼き払うとか御公儀を転覆《てんぷく》させる、とか、慶安《けいあん》の頃の由比正雪《ゆいしょうせつ》のような大悪人がとんでもない悪事を企《たくら》んでおるに違いないのです」

語るうちに次郎右衛門の額には汗が滲んだ。

「それゆえ、くノ一狐を捕えたいのか」

良く言えば正義感、悪く言えば杞憂から次郎右衛門はくノ一狐捕縛を考えているようだ。

「兵部さま、くノ一狐、捕縛して頂けませぬか。もちろん、ただでとは申しません。今月のお家賃……いえ、半年分、いやいや、一年分のお家賃は頂戴しません」

と、申し出た。

「思い切ったな……太っ腹なのは見上げたものだが、背後に大きな企てがあるに違いない、というのはそなたの妄想《もうそう》だと思うぞ」

どうも理解できない、と兵部は正直に腹の内を明かした。

「あたしの思い過ごしかもしれません。思い過ごしの方がよいのでしょうか、なんだか近頃物騒《ぶっそう》なのです」

次郎右衛門は懐中《かいちゅう》から読売を取り出した。

そこには、立て続けに起きた心中が記され、世の退廃《たいはい》ぶりへの憂いが記してある。

この退廃には徳川幕府を転覆させせんとする闇の勢力があると書き立てていた。

闇の勢力は世の不安を煽り立てようとしている。不可思議な出来事が起きると要注意である、と強調してもいた。重大事とは思えないために見逃しがちな出来事が実は大きな陰謀《いんぼう》の予兆《よちょう》なのだ、と読売は読者に警戒を促しているのだ。

読み終えて兵部は噴き出しそうになった。

要するにありもしない事実で読者の恐怖心を煽り立てているだけなのだ。おそらくは、物見高い江戸っ子の耳目を集めるような事件が起きていないために苦肉《くにく》の策としてこんな曖昧な煽り記事を書いたのだろう。

そんなふうに兵部は読売屋の魂胆《こんたん》を見透かしたのだが、次郎右衛門は大真面目である。くノ一狐の盗みを大陰謀の前振りと受け止めているのだ。

こんな出鱈目《でたらめ》を真《ま》に受けるな、と注意をしたところで、今の次郎右衛門を納得させられないだろう。却って、意固地《いこじ》になるだけだ。

それに、一年分の家賃がただというのは魅力的だ。次郎右衛門の正義感と憂いに付け込むようで気が引けるが背に腹は代えられない。家主の頼みに応えるのは店子《たなこ》の義務だ、と自分に都合よく理屈をつけて、

「よかろう、一肌脱ぐ」

と、兵部は承知した。

次郎右衛門は満面の笑顔で感謝の言葉を口に出した。

「捕縛に動くのはよいが、江戸は広い。あてもなく、くノ一狐を探したところで、見つけられぬと思うが……」

引き受けると現実の困難さが大きな壁となって立ちはだかってきた。

次郎右衛門は、「お任せください」と自信ありげに、

「ここにくノ一狐が盗み入るかもしれないお店を記しております」

次郎右衛門は一枚の書付を差し出した。

米屋、酒屋、小間物屋、呉服屋、料理屋など様々な店が記してある。

「どうして、これらの店をくノ一狐が狙っておる、と見当をつけたのだ。読売にでも記してあったのか」

それならとんだあやふやな情報だと不満を抱いた。あやふやな情報に従った探索など無駄足だ。ところが、次郎右衛門は自信の姿勢を崩さずに答えた。

「今のところ、くノ一狐の記事は読売には載っておりません。この書付に記したお店はみな鈿女屋のお得意なのです。これまで、くノ一狐が盗みに入ったのは四軒ですが、いずれも鈿女屋が傘の注文を頂いております。どういう訳かはわかりませんが、くノ一狐は鈿女屋のお得意先を狙っておるのです」

次郎右衛門の言葉はもっともだが、くノ一狐が鈿女屋の得意先以外にも盗みに入っていないという保証はない。それでも、闇雲に探索をするよりは、目標を定められる分、有効だ。

鈿女屋の得意先とは、鈿女屋が得意先の屋号を記した傘を製作して納めている商家ということだ。商家によっては、突然の雨降りに際して、店で貰ってくれたお客に傘を貸し出している。店の宣伝にもなるのだ。

そうだ、そうした傘の中には左膳が張ったものも少なからずあるだろう。

「わかった。書付に記された商家を夜回りしてみよう」

兵部は書付を受け取った。

ふと、

「鈿女屋は大丈夫なのか。くノ一狐が真っ先に狙いそうなものだが……それとも、もう、盗みに入られたのか」

と、気になって問いかけた。

次郎右衛門は顔を左右に振って、

「うちには稲荷はないんですよ」

と、真顔で答えた。

「くノ一狐は鈿女屋で傘を作ってもらった商家の稲荷に供えてある油揚げを狙っておる、ということか。なんとも奇妙な盗人だな」

兵部は顎を掻いた。

「ですから、何度も申しておるではないですか。罪の度合いからすれば、子供の悪戯ですが、それだけに大きな企みの前振りだって……」

むきになって次郎右衛門は言い立てた。

どうやら次郎右衛門がくノ一狐を恐れる背景には鈿女屋の傘が悪謀《わるだくみ》に関係するのでは、という危惧があるようだ。

「わかった。引き受けたからにはちゃんと探索をする。ところで、くノ一狐が入りそうな商家の書付は貰ったが、他に何か手がかりはないか。人相とか……あ、そうだったな。狐面を被っておるのだな。ならば背格好とか」

兵部の問いかけに、

「くノ一と二つ名がついておりますので女です。つまり、小柄ですな」

それ以上はわからない、と次郎右衛門は答えた。

ひょっとして、子供ではないのか。

悪戯好きの餓鬼《がき》がどういうわけかわからないが、鈿女屋の得意先の油揚げを盗み取っているのではないか。

それならそれで、子供を捕まえ、たとえ油揚げ一枚でも盗めば盗人だと、柄《がら》にもない説教をしてやるまでだ。

とにかく引き受けたからにはく ノ一狐探索を行おう。

二

霜月《しもつき》一日を迎えた。

名の通り、朝には霜が下り、往来は凍土《とうど》と化している。踏みしめるときゅっと鳴った。

そんな冬ざれの日に心中事件が起きた。

近藤銀之助は心中現場にやって来た。神田の小さな稲荷である。そこの境内の樫《かし》の木で若い男女が首を括《くく》って自害をしたのである。

「また、徳兵衛とお初か」

銀之助は呟いたが、男は幸太郎《こうたろう》、女はお梅《うめ》という名だそうだ。

ただし、気がかりは、幸太郎は醤油問屋の手代であり、勤めていた店は平野屋といい、お梅は岡場所、天満屋の女郎ということであった。

「曽根崎心中」の徳兵衛は醬油屋、平野屋の手代であり、お梅はお初と同じく女郎で店の名は天満屋であったのだ。従って、「曽根崎心中」を意識した心中ではないだろうか、と近藤は勘繰った。

「偶々も三度続くと、必然ということになるんじゃないか」

近藤は呟いた。

どんよりと曇った朝、枯れ葉が舞い、吐く息が白く流れてゆく。

やがて、幸太郎の母親がやって来た。

北町奉行所の定町廻り同心、横山《よこやま》与三郎《よさぶろう》が、

「ならん」

と、無情にも大きな声で母親を制した。

心中すなわち相対死をした男女の亡骸は遺族への引き渡しや弔いが禁じられているゆえ、町奉行所同心としては当然の措置である。

小者《こもの》や中間《ちゅうげん》が見物客を遠ざける。心中騒ぎに浮かれる者たちを取り締まるために、彼らは出動しているのだ。事件や捕物でもない相対死の現場に駆り出された不満を野次馬連中にぶつけているようで、突棒《つくぼう》、袖絡《そでがらみ》、刺股《さすまた》といった捕物道具を使って乱暴

に追い立てている。

横山は亡骸にすがろうとする母親を遠ざけ、亡骸に近寄らせない。

「一目だけでも」

悲痛な叫び声を上げる母親に横山は、「ならぬ」の一点張りで退けた。悲痛な思いを抱きながら近藤は見ているしかなかった。

「心中なんか……心中なんかするはずはないのです」

母親は訴えた。

「黙れ、帰るのだ」

取りつく島もない横山に母親は、

「お取り調べください。幸太郎は殺されたのです。心中なんかじゃありません」

と、必死の形相《ぎょうそう》で訴えかけた。

「相対死に相違ない」

横山はぶっきらぼうに告げた。

「違います」

母親は息子の亡骸に近づくため、横山の横をすり抜けようとした。

すかさず、横山はそうはさせじと母親の腕を引っ張った。母親は地べたに倒れ、声を放って泣き伏した。ばつが悪そうに横山は顔をそむけ、小者や中間に亡骸を無縁仏として処分するよう命じた。

一時後、近藤は幸太郎の家を訪れた。家は神田司町《つかさまち》の長屋にあった。小路の両側に棟割り長屋が建っている。日が差さず、おまけに冷たい風が吹き抜けるとあって、近藤は背中が丸まりそうになったが、息子の死を悲しむ母親を思い、背筋をぴんと伸ばして小路を進んだ。

こっそりと幸太郎の亡骸から煙管《きせる》を抜き取り、それを持参している。横山は気づいたようだが、母親に多少の憐憫《れんびん》を感じたのか見て見ぬふりをしてくれた。

大家に確かめると、幸太郎は母親と二人暮らしだそうだ。父親は幸太郎が幼い頃に病で死んだという。母親の名前はお藤《ふじ》であった。

棟割り長屋の中程にお藤の家があった。

「御免」

近藤が呼びかけると、ごそごそと衣擦《きぬず》れの音がしてから腰高障子が開き、お藤が立った。その目は涙で腫れている。近藤を見て心中現場に立ち会っていた八丁堀同心と気づき、恐れたように頭を下げた。

「何も咎めはしない」

近藤は優しく語りかけたが、お藤はうつむいたままだ。

「これを持ってきた」

近藤は煙管をお藤に見せた。お藤は幸太郎のものだと気づき、両手で押し頂くように受け取った。

近藤はお藤の話を聞いた。

「幸太郎は本当に親孝行でしてね」

父親を早く亡くしたことから、父親の分まで孝行するというのが口癖であったそうだ。仕事ぶりも真面目で、平野屋の主人からも高く評価されていたという。十三で小僧として奉公をし、十年の奉公の後に手代になった。

「この煙管、手代になった時に旦那さまがくださったのです」

お藤は煙管を手に取り涙ぐんだ。

お藤が落ち着くのを待ち、

「そなた、幸太郎が心中するはずがないと申しておったな」

「絶対に心中なんかしません」

改めてお藤は言った。

息子を失った悲しみにくれる母親の心情かもしれないが、ただの心中事件ではないかもしれない。

「幸太郎は心中相手について何か話をしておったのか」

と、まずは相手について確かめた。

「いいえ、聞いたことがございません。心中した相手のことも好いた女がおるなどとも幸太郎は話しておりませんでした。それで、信じられぬ思いで、お稲荷さんに駆けつけたのです」

お藤は言った。

「遊女屋に通っていたことは存じておるのか」

近藤は問いを重ねた。

「それも信じられないのです。幸太郎が遊女屋に通うなんて……」

母親の欲目なのかもしれないが、幸太郎は生真面目一方な性質であったそうだ。

「天満屋と聞いたことはないか」

念のために近藤は問いを重ねた。

「いいえ」

力強くお藤は首を左右に振った。

なんだか、違和感がする。

近藤のそんな表情を見て、

「あの……幸太郎は本当に心中なんかしたのでしょうか」

「首を括っておったが」

近藤も首を捻った。

「絶対に違います。幸太郎は心中なんかしていません。つい、二日前のことです」

来年の如月《きさらぎ》になったら休みを頂戴できるから、と幸太郎はお藤と共に川崎大師に参詣することを誘ったという。

「それはもううれしくて」

一瞬、お藤は喜びで顔を輝かせたもののすぐに幸太郎の死を思い、

「それが、あんなことに」

と、再び嗚咽《おえつ》を漏らした。

しばし泣くに任せた後、

「幸太郎に死の影は感じられないのだな」

近藤は念を押した。

強く首を左右に振ってお藤は幸太郎が死とは無縁だと強調した。

「調べよう……幸太郎は本当に心中したのか、それを調べる」

近藤は請け負った。

「あ、ありがとうございます。ですが、お役人さまは大丈夫なのですか」

心中と見なされた一件を八丁堀同心が探索することの危うさをお藤は心配した。

「心中なのかどうかわからない……殺しであったとしたら、見過ごすわけにはいかない」

気遣い無用だと近藤は言った。

「是非、幸太郎の死を明らかにしてください」

お藤は深々とお辞儀をした。

「但し、探索を進め、幸太郎は心中したのだと判明するかもしれない。その場合は、覚悟をしてくれ」

「母親として、幸太郎の死の真実を知りたいと思います」

気丈にお藤は答えた。

「それならば、引き受けよう」

近藤は請け負った。

三

事態は思いもかけない方向に動き始めた。

霜月三日の晩、幸太郎が勤めていた醤油問屋、平野屋の主人久右衛門《きゅうえもん》が殺されたのだ。

明くる四日の昼下がり、左膳の自宅傘張り小屋に近藤銀之助が相談と助勢依頼にやって来た。

「心中に続いて殺しか……嫌でも勘繰りたくなるな」

左膳は怪しいと勘繰った。

「わたしも同感です。心中した手代幸太郎の主人、平野屋久右衛門が殺された、となりますと、やはり、心中は怪しいと思わざるをえません」

「怪しいと考えるのは、幸太郎の心中のみか、それとも、これまでに起きた二件も疑わしいと考えるか」

左膳が確認をすると、

「わたしは曽根崎心中に事寄せた心中全てに不審を抱きます。黒幕がいるのでは、と勘繰っておるのです」

近藤はやる気満々である。

「わしも大きな企みが隠されているように考える。久右衛門殺しを突破口《とっぱこう》に探索を進めるのがよかろう」

左膳の賛同を得、近藤は益々やる気を抱いたようだ。

「出しゃばるつもりはないが、久右衛門殺しについて、詳細を知りたいな」

我ながら野次馬根性丸出しでみっともないが、左膳は好奇心を抑えられなくなった。

ふと、白雲斎の依頼が思い出される。

東海道をまたにかけて荒し廻った盗賊一味、亜相の丹兵衛の行方が気にかかった。火盗改の頭《かしら》不在の江戸に潜伏している丹兵衛の所在を御庭番が追っている。丹兵衛は隠した盗品を回収しようとしているそうだ。探索を手伝う必要はないが、見つけ次第、捕縛に助勢しなければならない。

心中騒ぎに関係すると思われる殺しの探索にも首を突っ込んでは、丹兵衛捕縛に支障をきたすかもしれない。

そうなったら、丹兵衛捕縛を優先せねばならないが、今はともかく近藤に協力しよう。

近藤は左膳の意見を求めるつもりであったのでおやすい御用とばかりに語り出した。

その日の朝、上野不忍池の畔で一人の男の亡骸が見つかった。男は歳の頃四十半ば、紬の着物に羽織を重ねていた。どこかの商家の主人といった風だった。

殺されたのは昨晩のようだった。

「心《しん》の臓《ぞう》を一突きだな。紙入れが残っているということは、物盗りの仕業じゃないってことか」

先輩同心の横山与三郎が亡骸の傍らに屈《かが》み込み亡骸の着物をはだけた。近藤は小者や中間と共に群がる野次馬連中を遠ざけてから横山の傍にやって来た。横山が着く前に聞き込んでわかった事実を近藤は告げた。

「見つけたのは通りかかった棒手振《ぼてふ》りの魚売りです。明け六つの頃だったそうですよ」

横山がうなずいたところへ、女がやって来た。値の張りそうな着物に身を包み、品のよさを漂わせている。自身番の町役人に付き添われた女は横山と近藤の前で立ち止まった。

町役人が、

「黒門町の醤油問屋平野屋のお内儀《かみ》さんでお邦《くに》さんとおっしゃいます。昨晩からご主人が家に帰っていないそうで……」

お邦は不安そうに睫毛《まつげ》を揺らし、お辞儀をした。夫の身を案じているようだ。

「亭主かどうかだっていうんだな」

横山が亡骸を振り返る。

亡骸には筵《むしろ》が被せられ、人の形に盛り上がっていた。お邦はきっと顔を上げ、唇を硬く引き結んだ。横山に目配せをされ、近藤は軽くうなずき、

「お内儀さん、どうぞ」

と、亡骸に導いた。

お邦は亡骸の前に立った。

「いきますよ」

近藤は声をかけておいてから筵を捲《めく》った。死の形相を呈した亡骸が目に飛び込み、お邦は目をそむけたが、覚悟を決めたように亡骸に視線を戻した。短い間だったがしっかりと亡骸を確かめた。自分の夫と判断するのに多くの時は不要だ。

しっかりと首を縦に振り、

「主人久右衛門に間違いございません」

近藤は横山と顔を見合わせてから筵を亡骸にかけた。

「気の毒なことをしたな」

横山は声をかけると、平野屋久右衛門の亡骸に向かって両手を合わせた。近藤もそれに倣《なら》う。お邦もしばらく黙禱を捧げていたが、やがて呆けたような顔で腰を上げたものの大きくよろめいた。

そこへ、

「お内儀さん、お気を確かに」

やって来たのは役者のような男前である。

「正太《しょうた》……」

お邦は涙で腫らした目を男に向けた。町役人が近藤と横山の耳元で、

「平野屋の手代正太でございます」

と、伝えた。

お邦は再び身体をよろめかせ、すかさず正太がお邦の身体を支えた。

「お役人さま……」

正太は心配そうな顔を向けてくる。近藤が、殺された亡骸が久右衛門であることを

告げた。正太は悲痛に顔を歪ませ、

「旦那さま」

と、久右衛門の亡骸に駆け寄った。正太は久右衛門の亡骸に合掌をした。

「お邦、辛いだろうが辛抱してくれ。久右衛門を殺した下手人《げしゅにん》を挙げるためだ。こんな時だが、少しばかり話を聞かせて欲しい」

横山が言うと、

「わかりました」

お邦はしっかりとうなずいた。正太が町役人と久右衛門の亡骸を引き取る相談を始めた。しっかり者だ。年は二十七か八、心中したとされる幸太郎よりも年上のようだ。機会をとらえ、幸太郎のことも聞いてみよう、と近藤は思った。

「あそこの茶店ででも」

横山が不忍池の畔にある葦簾《よしず》張りの茶店を指差した。近藤は先に茶店に向かった。お邦はしっかりとした足取りで茶店まで歩いた。

奥に小上がりになった座敷があり、そこに三人は入ると近藤が茶と御手洗団子《みたらしだんご》を頼む。お邦は黙り込んだ。

「まず、久右衛門であるが」

横山が口を開くとお邦はそれを遮《さえぎ》るように、

「主人は、昨日は寄り合いがあると暮れ六つになってから家を出て行きました」

「寄り合いは何処で催されたのだ」

「池之端の料理屋大和屋《やまとや》でございます」

「それっきり、帰って来なかったのだな」

「はい」

「おかしいとは思わなかったのか」

「朝帰りは珍しいことではありませんでしたから」

お邦の物言いは冷《さ》めていた。

「ということは、寄り合いというのは嘘だということか」

横山が問いを重ねる。

「嘘かどうかはわかりません。たとえ、寄り合いがあったとしましても、それを終えてから岡場所に繰り出し、朝帰りというのが、ここ最近の主人の行いでございます」

「すると、昨晩も池之端の岡場所に繰り出したものだと思っていたのだな」

横山に確認され、お邦は黙ってうなずいた。

「それを見過ごしていたのか」

近藤が割り込んだ。

近藤の言葉を批難と受け取ったのか、お邦はやや気色《けしき》ばんで返した。

「お調べになればわかることですから、包み隠さず申し上げます」

久右衛門とは八年前に夫婦となった。お邦は平野屋の一人娘である。久右衛門は小僧の頃から奉公していた手代でお邦の両親から、そのまじめな働きぶりを高く評価され、お邦の婿養子となったのである。

「主人は、それはもう真面目な商人でございました。主人のお陰で平野屋の身代《しんだい》もずいぶんと大きくなったのです。お大名のお屋敷にも出入りが叶うようになったのは久右衛門が主人になってからです。ところが、まじめに商い一筋にやってきたというのもいい面ばかりではございません。きっと、鬱屈《うっくつ》したものが溜まっていたのでしょう。三年前におっかさん、昨年の夏におとっつあんが他界しますと……」

久右衛門は箍《たが》が外《はず》れたという。

「寄り合いに出て、商い仲間から岡場所に誘われ遊びを覚えてしまったのです」

憎々しげにお邦は目元を引き攣らせ唇を嚙んだ。

「商いに不熱心になったわけではございません。ただ、暮れ六つを過ぎ、店を閉じてからそわそわとするようになり、気もそぞろといった有様、見ていて腹立たしい程でした」

お邦は肩を震わせ大粒の涙を流した。

横山はお邦が落ち着くのを待ち、涙を拭ったところで、

「まあ、お茶でも飲め」

と、湯呑を差し出した。お邦は目を腫らし黙ってお茶を飲む。

「子供はいないのか」

横山の問いかけにお邦は首を縦に振った。

近藤が慰めるように語りかけた。

「必ずしもいい亭主ではなかったかもしれないが、だからって殺されていいってもんじゃない。下手人を挙げて下手人に罪を償わせる。久右衛門が成仏《じょうぶつ》できるようにな」

お邦はしおらしく頭を下げた。

横山が、

「なら、訊くが、久右衛門が熱を上げている女はいたのか」

「わかりません……」

「特定の女のところに通っていたわけではないのか」

お邦は首を傾げるばかりだ。

「つまりだ。どこかに女を囲っていたかどうかということだ」

横山は言い添えた。

「それはないんじゃないかと思います。あの人は商いには真面目でございまして、店のお金には手をつけておりませんでした。女を囲うようなことはなかったのではないかと思います」

「あくまで岡場所で遊ぶ程度であったということか」

「多分ですけど……」

「では、話を変えて、久右衛門は恨みを買ってはおらなかったか」

「恨みでございますか……」

お邦は視線を彷徨《さまよ》わせる。

「商い仲間、出入り先、もちろん奉公人たちにだが」

「それはないと思います。主人は万事に如才《じょさい》がないと申しますか、お出入り先はもちろん、商い仲間の方々からもそれは評判がようございました。ご近所でも温厚で腰の低い人で通っておりました」

「奉公人にはどうだ」

「自分が小僧から奉公していたせいでしょうか。細かなところに気配りができる人で、奉公人にも大そう優しかったのでございます」

「すると……」

横山はお邦の顔をまじまじと眺めた。横山の意図を察したようでお邦は大きく頭を振り、

「よしてくださいよ。恨みを抱いているのはわたしだけだっておっしゃりたいんですか」

「そうは言っていない」

横山は苦笑を洩らし、近藤を見た。

近藤は笑みを浮かべ、

「どんな善人でも思いもよらないところで恨まれるものだ。久右衛門も誰かに逆恨みを買ったのかもしれない」

と、お邦の気持ちを和《やわ》らげた。

それでも、お邦の気持ちは波立ったままで、

「いくら、なんだって亭主を殺すなんてこと、するはずがございませんよ」

いかにも心外だといった様子である。

近藤と横山がうなずくと、

「店には尽くしてくれた亭主ですからね。一日も早く下手人を挙げてください」

お邦は両手をついた。

「任しとけ」

横山は腰の十手を抜いた。お邦はお茶を一口飲んでから腰を上げて茶店を出て行った。お邦の姿が見えなくなったところで、

「あの女房と手代……」

近藤が呟いた。

横山もほくそ笑む。

と、

「すみません、ちょっと確かめたいことがあるので」

近藤は断ってからお邦を追いかけた。

幸太郎の心中事件について話が聞きたい。横山の前では確かめられなかったのだ。

茶店を出るとお邦に追いついた。

近藤が声をかけるとお邦は振り返った。

「すまんが、聞き漏らしたことがある」

近藤が言うとお邦は、

「なんでございましょう」

と、応じた。

「心中、いや、相対死を遂げた幸太郎についてだ」

幸太郎の名を出すとお邦の顔が強張《こわば》った。

「幸太郎は生真面目な手代だと聞いたが……」

ここまで言ったところで、

「幸太郎には暇を出しました。平野屋とは関わりのない者でございます」

お邦はそそくさと立ち去ろうとした。

「待ってくれ……わたしは幸太郎がまことに心中したのか確かめたいのだ」

追いすがるように近藤は問いを投げかけたが、

「お役人さま、相対死は御法度。平野屋の暖簾に関わります。こう申してはなんですが、主人という大黒柱を失ったのです。その上、手代が相対死したと評判が広まっては、平野屋は立ち行きません」

腹から絞り出すように返すと、お邦は去っていった。

近藤は茶店に戻った。

横山はお邦に何を問いかけたのか気になる様子だったので、

「あの手代、えらく男前でしたね」

と、近藤は話を振った。

「正太とかいったな。役者のような男前だった」

幸い横山は話に乗った。

「お邦がよろめくと実にさりげなく正太は身体を支えた。その時、お邦は正太の手を握っていましたよ」

近藤が言うと、

「そうだったか。いや、わしは無粋《ぶすい》なのか見過ごしておった。おまえ、若いだけあってちゃんと見ておるではないか」

横山は妙に感心した。

「亭主の遊びへの腹いせに、自分も若い手代と仲睦《なかむつ》まじくやっているのか、それとも、そもそも亭主が遊びを覚えたのはお邦の浮気が原因だったのか」

近藤の推論に、

「近藤、わしはな、お邦と正太が久右衛門を殺した、と疑っておる」

横山の考えを受け、

「聞き込みを致します」

近藤は勢いよく腰を上げた。

すると横山は近藤を引き留め、

「念のために釘を刺しておくがな、平野屋の手代、幸太郎の相対死には首を突っ込むな。今回の一件とは無関係だし、相対死で片付けた一件を蒸し返すのは御法度だからな」

と、厳しい顔で命じた。

そんな経緯があり、近藤は左膳を頼ったのである。

久右衛門は池之端の岡場所に通っていた。幸太郎と心中したお梅が奉公していた天満屋も池之端の岡場所だ。上野黒門町に店を構える平野屋からは近いのだから、幸太郎が通うに不便はない。池之端には何軒かの岡場所がある。久右衛門も天満屋で遊んでいたのかどうかはわからない。

それを含めて岡場所での探索、しかも踏み込んだ聞き込みが必要だ。岡場所の若い衆は荒れくれ者、はっきり言ってやくざ者や、店によっては用心棒に浪人を雇っている。若い近藤一人では舐められる。情けないが左膳の剛腕《ごうわん》を頼ったのだった。

四

明くる五日の昼、左膳と近藤は天満屋を訪ねる前に久右衛門が商人仲間と会合を持った料理屋大和屋にやって来た。不忍池を臨むことができる立派な造りの料理屋であった。黒板塀には見越しの松が見え、一見《いちげん》はお断りといった威厳を漂わせてもいた。

店の前を掃除していた小僧を捕まえ、主人に会いたい旨申し付けた。するとすぐに、中に通された。主人の菊次郎《きくじろう》は帳場で待っていた。玄関を入ってすぐの右手である。

菊次郎は初老の人の良さそうな男だった。朝っぱらから八丁堀同心と素性は知れないが品性卑しからぬ武士が訪ねて来た困惑を隠せない様子だ。

「ま、ま、どうぞ」

菊次郎は二人に座布団を示した。それから、仲居を呼んでお茶を持って来るように言っておいてから、思い出したように呼び止め、

「勝手の茶簞笥《ちゃだんす》に羊羹《ようかん》が入っているから持って来なさい」

さらには、仲居が返事をして歩いて行く背中に向かって、

「厚く切るんだよ」

と、大きな声を放った。相当にせっかちで神経質な男のようだ。

満面に愛想笑いを浮かべて左膳と近藤に向き直ると、

「本日の御用向きは……」

と、左膳と近藤の顔を交互に見た。

「昨日の朝に見つかった亡骸のことだ」

近藤が返した。

「ああ、なんか、不忍池の畔で亡骸が見つかったそうですね。小僧が言ってましたよ」

菊次郎はまだその亡骸が平野屋の主久右衛門であることを知らないようだ。

「殺されたのは黒門町の醤油問屋平野屋の主久右衛門だ」

近藤が告げると菊次郎は大きく身を仰《の》け反《ぞ》らせた。

「ほ、本当でございますか」

菊次郎の反応はいささか大仰《おおぎよう》に過ぎるとも思われたが、この男の人柄に起因するものと考えられなくもない。

そこへ仲居が茶と羊羹を運んで来た。

羊羹は二寸《にすん》ばかりの厚みがある。

「いくら厚くといったって、こんなに厚く切っちゃ食べにくくて仕方ないよ」

菊次郎は苦言を呈したが、

「かまわぬ」

左膳は頭を振り、

「わたしも厚いのがいいや。食べでがあって」

近藤も言い添える。

「すみません、いたりませんで」

菊次郎はぺこぺこと頭を下げた。左膳は羊羹を一口食べた。甘味が口中一杯に広がる。正直言って甘い物は好きではない。すぐに茶を飲んだ。

「一昨晩、ここで醬油問屋の寄り合いがあったそうだな」

近藤が問いかけた。

「そうなのです。その席で平野屋さんは元気一杯でございましたよ」

「それが殺されたんだ」

「信じられない思いです。あんなにお元気であられたのに」

菊次郎は呟くように言ってから、「世の中、神も仏もございません」などと何度も首を横に振った。

「宴会は何時から何時まで続いたのだ」

「暮れ六つに始まりまして、五つ半くらいにお開きとなりました」

「久右衛門はどこかへ行くと申しておらなかったのか」

「いいえ、それが」

菊次郎はここで言葉を噤んだ。

「どうした」

「平野屋さんは女盗人を追っていかれたのでございます」

「な、なんだって！」

意外な菊次郎の証言に、近藤は驚きの声を上げた。

「どういうことだ」

「ええっと」

菊次郎ははっと顔を上げ、

「では、こちらへどうぞ」

と、帳場を出た。近藤は分厚い羊羹と格闘していたが、それを皿に戻しあわてて立ち上がった。

左膳と近藤は菊次郎の案内で階段を上った。

「こちらでございます」

菊次郎は一昨晩に寄り合いが行われていた座敷に入った。そこは二十畳ほどの清潔な座敷で、床の間には値の張りそうな掛け軸と青磁《せいじ》の壺《つぼ》が飾られている。塵《ちり》一つ落ちていない座敷は、菊次郎が口うるさく仲居に掃除を徹底させていることを物語っている。

「ここから」

菊次郎は窓辺に立った。

不忍池が見下ろせ、さらには東叡山寛永寺《とうえいざんかんえいじ》の威容《いよう》が望める。

「あそこに稲荷がございますね」

菊次郎が指差すように眼下には稲荷があった。鳥居は朱色にきちんと塗られ、祠は檜《ひのき》で作られているという。

「女盗人はあの鳥居に立っていたのでございます」

「女盗人か……」

怪訝《けげん》な顔で近藤は呟いた。

するとと菊次郎は真顔になって、

「女盗人ですが、くノ一狐と呼ばれておるのです」

と、言うと、

「なんだ、その……くノ一なんとかとは」

益々混迷する近藤に左膳が教えた。

「くノ一とは戦国の世に活躍したとされる女忍びのことだ」

左膳は掌に、「女」と書き、それを崩して名付けられた女忍びの隠語だと説明した。

近藤は、「くノ一」という言葉の意味は理解したが、

「泰平の世にくノ一が出没しておるのか。そんな話、耳にしたことはないが」

疑問で顔を曇らせたままだ。

「まことのくノ一なのかどうかはわかりませんが、盗人は忍びの装束に身を包み、狐の面を被っております」

菊次郎に返され、

「女とどうしてわかるのだ」

近藤は問い返した。

「身体つきが女のようだということと、手前どもの前に何軒か商家に盗み入ったので

すが、その中で盗人の声を聞いた者がおります」

「女の声だったのだな」

「その通りです」

「くノ一狐という盗人のことはわかったが、どうして奉行所に届け出ないのだ」

訊いてから、そなたを責めておるのではないぞ、と近藤は気遣った。

「盗まれたのはお稲荷さんに供えた油揚げ一枚だけですから、わざわざ御奉行所に届けることではない、と。実際、手前どもでも、盗まれたのは油揚げ一枚でございます」

菊次郎は稲荷の祠を指差した。

「ふ〜ん、奇妙な盗人だな」

近藤は左膳を見た。

「盗人のことはともかく、久右衛門の動きを知りたいな」

と、話を久右衛門に戻した。

さようでございました、と菊次郎はお辞儀をしてから、

「手前はここでみなさまの接客に当たっていたのでございます」

すると、寄り合いの客の中からくノ一狐だと騒ぐ者がいた。みな、面白半分で窓辺

に立った。

「そうしましたら、くノ一狐は見物人が出たところで興《きょう》が乗ったのでしょうか。何やら踊りを始めました。両手を前に揃えてぴょんぴょんと跳ねるような仕草でございました。みんな、やんやの喝采《かっさい》を送ったのでございます。そのうち、どなたかが、くノ一狐を捕まえようと言い出したのです」

それに応じて久右衛門は窓を跨ぎ屋根に立った。

「そこに枝を伸ばしている松がございますね」

なるほど、松の枝がいい具合に伸びている。それを伝い、久右衛門はくノ一狐を捕まえようと庭に降り立った。

「久右衛門はそれほどに身軽であったのか」

左膳は松を見たままで訊いた。

「それはどうだか知りませんが、酔いが手伝ってということではございますまいか」

左膳は思わせぶりに近藤を見た。

「わかりました」

近藤は窓を跨ぎ、屋根に降り立つと慎重な足取りで松の枝に取り付いた。それから、おっかなびっくりの様子で枝を伝い下の方の枝にぶら下がると庭に降りた。

「あんな具合だったんだな」

左膳が確かめると、

「平野屋さんもあのように降りられました。すると、くノ一狐は板塀に飛び上がり、平野屋さんを誘うように手招きされたのでございます」

菊次郎は手招きの真似をして見せた。

「それから、平野屋さんは」

ここで菊次郎は黒板塀の一角を示した。そこに潜り戸がある。

「平野屋さんはあの潜り戸から外へ出て行かれたのでございます」

「それで……」

「それきりでございます」

「それきり、久右衛門は戻って来なかったのだな」

「そうなんです。で、お仲間内からはくノ一狐に化《ば》かされたんじゃないかなどという話が出ました」

「おまえは心配ではなかったのか」

「わたしは、平野屋さんがあれから遊びにでも行かれたのだと思いました」

「久右衛門は岡場所によく通っていたということだな」

「そのようで」

菊次郎は口ごもった。

「どうした」

「それが、このところ、お内儀さんの目が厳しいなどと嘆いておいででした」

「つまり、久右衛門はくノ一狐を追っていくことを幸いに岡場所に足を向けたのだな」

左膳の推測に、

「そんな気がしたのでございます」

「なるほどな。では、久右衛門が通っていたという岡場所を教えてくれ」

菊次郎は躊躇《ためら》っていたが、やがて、観念したように岡場所の名前を口に出した。近藤が戻って来た。

「次は岡場所だ。天満屋だそうだぞ」

左膳が言うと近藤は目を凝らした。

五

菊次郎に教えられた岡場所、すなわち料理茶屋の天満屋は大和屋の裏手の横丁を入ってすぐの所にあった。

岡場所は吉原《よしわら》と違って幕府官許ではないため、表立って女郎を置いてはおけず、料理の給仕をする飯盛り女が客の要望により春をひさぐ。

まだ、昼前とあって暇そうだ。

男衆が表にたむろして世間話をしている。洩れ聞こえる言葉から話題は久右衛門殺しであることがわかった。この頃になると、池之端界隈《かいわい》で殺されたのは平野屋の主人久右衛門であると伝わっているようだ。

男衆は近藤を見ると、

「ご苦労さんです」

と、声をかけたものの薄笑いを浮かべ、いかにも舐めている。

近藤が、

「話が聞きたい」

「なんです……八丁堀の旦那にお聞かせするような高尚《こうしよう》な話なんざありませんがね」

男が返すと、数人の仲間がやって来た。

「ならば、話のわかる者に訊くまで」

左膳が右手で男衆の胸を突いた。男衆はよろめき、

「何するんでえ！　妙な言いがかりはやめてくださいよ。知らないなら話しますがね、うちは、南町《みなみまち》の縄張りなんですよ。北町が関わると、後々面倒なことになりますぜ」

と、うそぶいた。

岡場所は幕府不許可だが黙認されている。それでも見せしめのために南北町奉行所の手が入り、摘発されることがある。摘発を逃れたり、目こぼしに預かろうと岡場所は特定の八丁堀同心に繋ぎを持っている。袖の下を渡し、立ち入りを避けたり、避けられない場合は手入れの日を教えてもらい、店から遊女を隠したり、給仕のみで春はひさいでいない、と頑固に証言させた。

八丁堀同心も岡場所は小遣いの稼ぎ場である。手入れと言っても見せしめの形だけのもの。持ちつ持たれつの関係だと割り切って岡場所と付き合っている者は珍しくはない。南北町奉行所は利害の衝突を避け、店ごとに縄張りを決めている。

なるほど、横山が岡場所の探索を近藤に任せたはずだ。横山は南町の縄張りに足を

踏み入れたくはなかったのだ。近藤にやらせておいて、後日南町に、「物を知らぬ若い者が勝手にやった」と言い訳をするつもりだろう。

見習いの頃なら、そんな横山の思惑を汚い、と嫌悪したものだが、定町廻りの役目を遂行《すいこう》するには清濁併《せいだくあわ》せ呑むことも必要だと思い始めている。こうした岡場所の男衆、あるいは博徒《ばくと》、やくざ者からは時として貴重な情報が得られるのだ。

近藤が躊躇いを示すと、

「わしは天下の傘張り浪人、南北町奉行所とは関わりがない。話を訊くぞ」

左膳は天満屋に入ろうとした。

「浪人がなんの用だ。傘張りなら傘張りらしく傘でも張ってな。ほら、丁度破れ傘があるぜ」

男の言葉に合わせ、仲間が破れた傘を左膳に投げつけた。

動ぜず左膳は左手で受け止め、右手でさっと開いた。

「これはひどいな」

左膳は苦笑した。

所々、油紙が剝がれ、天満屋の屋号も読み取れない。

「さあ、帰ってくだせえ！」

男は近藤に怒鳴った。

それを無視して、

「中に入るぞ」

左膳は傘を閉じた。

「野郎、ふざけやがって」

男衆が前に立ち塞がった。

左膳は傘の頭で男の鳩尾《みぞおち》を突き、間髪容れず殺到する相手の頬や肩を殴打した。

「畜生！」

悔し紛れに懐に呑んだ匕首《あいくち》を抜く者がいた。

左膳は傘を投げつけ匕首を落とすと、大刀を抜き横に一閃《いっせん》させた。白刃が光を弾き、煌《きら》めきを放つや男の髷が寸断され、宙を舞った。

髷が地べたに落下すると同時に左膳は納刀の鍔《つば》鳴りを響かせた。

「すげえ……」

男衆から感嘆の声が上がった。

たちまち、態度が改まった。

男衆は奥に引っ込み、

「こちらです」

と、案内に立った。

店の玄関に入ると、すぐにやり手ばばあがやって来た。濃い化粧をしたくたびれた女である。やり手はお蔦《つた》と名乗った。

左膳と近藤はお蔦に連れられ、一階奥にある応接間、すなわち引き付け部屋に入った。

「まさか、手入れじゃないでしょうね」

お蔦は警戒の目を向けてくる。

「二人きりだ。それにわしは北町とは無関係だ。手入れなんぞであるものか」

左膳の言葉にお蔦は納得したようにうなずくと、

「なら、あれですね。平野屋の旦那の一件ですね」

「そういうことだ」

と、近藤が返事をした。

「さすがは、八丁堀の旦那ですね。耳が早い。平野屋さんが通っていたことをすぐに探り当てられたってことですか」

お蔦は軽くため息を洩らした。

「一昨晩、ここに来たな」

無駄口を叩かず、近藤はずばり切り込んだ。

「いいえ」

お蔦は首を横に振る。

「今更、惚《とぼ》けることはないだろう」

「惚けてなんかいませんよ」

お蔦は強い口調になった。

「一昨日は来なかったんだな」

近藤は念押しをした。お蔦は、はっきりと来なかったことを言い添えた。

すると、久右衛門はどこへ行ったのだろう。他の岡場所ということか。それとも、くノ一狐を追って行ったということか。

「久右衛門が通い詰めていた女がいるだろう」

左膳は気持ちを切り替えて問い直した。

「いません」

「おい、それはねえだろう。この店にはよく来ていたんだろ」

「そうですがね、上がってから特にどの女を呼べということはなかったんですよ。それも、呼んだら呼んだで、ただ、酒を飲んで話をするだけ」

近藤が、

「枕を共にしなかったっていうのか」

「そういうことですよ」

お蔦は煙管を深く吸い、ふうっと吐き出した。煙が風に流れた。

「時には帳場にやって来て酒を飲んだりしてましたね」

「一体、何しに来ていたんだ」

近藤は納得できないようだ。

「さあて、店じゃ気疲れをしていなさるようでしたよ」

「愚痴《ぐち》を言いに来たのか」

近藤は言ってから、「わかるような気がするな」と呟いた。左膳から目を向けられ、

「ふっと、そんな気がしたんです」

言い訳めいた近藤の答えに左膳は苦笑いを浮かべる。

「本当にいい旦那でしたよ」

お蔦は感に堪えたように目をしばたたいた。

「他の岡場所には通っていなかったのか」

左膳の問いかけに、

「通っていなかったと思いますよ」

即座にお蔦は答えた。

「そう言い切れるのか」

「少なくともこの界隈じゃありませんよ。もし、通っていなさってたら、そうした噂というのはすぐに耳に届きますからね」

再びお蔦は深く煙管を吸った。

「平野屋久右衛門、律儀な男だったということか」

左膳が確かめると、

「そうですよ。ただ、堅苦しいかっていうとそんなことは決してございませんでした。とても気さくで話も面白くて、こっちの方が楽しんでいましたよ。人を楽しませるのがお好きのような人でしたね」

大和屋でくノ一狐を追いかけたのも、周囲を楽しませるための行いであったのかもしれない、と左膳は思った。

「惜しい方ですよ」

お蔦はしんみりとなった。

それから顔を近藤に向け、

「平野屋さんの手代で男前がいるんですよ」

「正太ではないか。役者のような男前だろう」

近藤が返すと、

「実際、役者をやっていたんですよ」

近藤が、正太なら役者をしていたとしても不思議はなかった、と言った。

「お内儀さんが堺町の芝居小屋に通ってましてね、茶屋にもよく呼び寄せていたんですって」

左膳は近藤と顔を見合わせた。

「お内儀さん、大の芝居好きで、よく役者を呼んで茶屋で遊んでいたんですって」

「役者がどうして平野屋の手代になったんだ」

近藤が訊く。

「名前は言えませんが、ある看板役者のこれに」

お蔦は小指を突き出した。それだけで女だとわかる。正太は看板役者の女に手をつけたのだろう。

「それで、芝居小屋にいられなくなって平野屋のお内儀さんに泣きついたんですよ」

「お邦は平野屋で引き取ったのか。しかし、まったく、商いを知らない男を手代にするということには、いくらなんでも奉公人や久右衛門も抗ったのじゃないか」

「それは、そのようでしたがね、旦那は養子だし、金を握っているのはお内儀さん。それに、正太って男、役者をやっていただけあって男前はもちろん、人のあしらい、特に女の客の受けがとてもいいんだそうです」

正太目当てに醬油を買いに来る客は珍しくないとか。

「それで、平野屋も大いに潤って、いわば、お内儀さんの横車というか、浮気が幸いするという珍しいことになったんです」

「世の中、何が幸いするかわかったもんじゃないな」

左膳は苦笑いを浮かべた。

「まったくですよ。ところが、肩身が狭くなったのが旦那さまということで」

お蔦は気の毒だと言い添えた。

「こつこつと小僧からたたき上げてきたのが、商いなんぞやったこともない男に女房を寝取られ、その上……」

ここで左膳は言葉を噤んだ。

近藤も目を光らせている。

その上、店を乗っ取られたということではないのか。

とすると、やはり、久右衛門殺しは正太ということか。

――いや――

いかにもそれでは早計だ、と左膳は思い込みを警戒した。もっと、慎重に探索をしてみなければならない。

ここで近藤が、

「平野屋の手代だった幸太郎だが、この店の女郎、お梅と相対死を遂げたのだな」

と、幸太郎の一件に踏み込んだ。

お蔦の表情が強張った。

「相対死を出しては天満屋の評判に傷がつくと危惧しておるのだろうが、そこをあえて訊かせてくれ」

近藤が頼むと、

「ところが、心中、いえ、相対死って呼ばなきゃいけませんか……」

「心中でよい。その方が、話しやすかろう」

近藤に言われ、お蔦はうなずいてから、

「心中が起きてから、却ってお客は増えたんですよ」

お蔦は苦笑した。

なるほど、遊女屋にとっては大きな宣伝だろう。

「こんなこと、お役人さまに申し上げましたら、怒られるかもしれませんが、心中に憧れる女郎は珍しくないんですよ。喜んで売られてきた娘なんて一人もいないんですからね。身請けされればまだ幸せですよ。好きでもないお大尽《だいじん》でもね。でも、そんな女郎はほんの一握り……患ってもろくに治療もできずに死んじまう。年季奉公が明けて里に戻っても迷惑がられる。そんな女郎が惚れた男とあの世で添い遂げる……御上からすりゃあ、罰当たりで罪深いかもしれないけど、女郎にしてみたら唯一夢を託せることなんですよ」

お蔦の話は机上《きじょう》の理屈ではない、現場の声だけに近藤の胸を打ったようで、拳を握り締め、口をへの字にして聴き入っていた。心中する女郎への理解と同情に揺れる近藤に代わって左膳が訊いた。

「平野屋の幸太郎はお梅と惚れ合っていたのか」

お蔦は困惑の表情を浮かべ、

「いいえ……というか、幸太郎さんというお方、一度しかいらしていないのです」

心中した日、幸太郎は平野屋の主人、久右衛門に連れて来られたのだった。

「その時、お梅が相手をしたのだな」

左膳が確かめるとお蔦はそうですすと答えた。

その日に初めて会ったお梅と幸太郎は心中をしたことになる。よほど共感するものがあったのだろうか。共感できた男女が死を選ぶだろうか。

「お梅はどんな女だったのだ」

左膳は問いを続けた。

「気立ての優しい娘でしたね」

お蔦によると、お梅は上総国《かずさのくに》の百姓の家に生まれた。子沢山の上に、父親が博打《ばくち》で借金を作り、二年前、女衒《ぜげん》に売られてやって来たのだそうだ。毎月、給金のいくらかを実家に仕送りをしていたそうである。

近藤が、

「ひょっとして、幸太郎はお梅に同情する余り、心中に及んだのでしょうか」

「同情して心中か……では、お梅は心中願望があったのか」

左膳はお蔦に確かめた。

お蔦は首を傾げるばかりで、わからないと言った。これ以上は、収穫はなさそうだ。

「邪魔したな」

左膳は近藤と一緒に表に出た。男衆が、「ご苦労さまです」と一斉に頭を下げる。

天満屋から離れたところで、

「大和屋を出てから久右衛門は何処に行ったんでしょうね」

近藤はさかんに首を捻る。

「わからぬ」

左膳も唸《うな》るばかりだ。

「まさか、くノ一狐について行ったんでしょうかね」

近藤はわからない、を繰り返した。

第三章　くノ一狐

一

霜月五日の昼下がり、来栖左膳と近藤銀之助は池之端の町並みを抜け、上野の広小路に出た。寒空にもかかわらず、大勢の人間が行き交っている。御成街道《おなりかいどう》を歩いて程なくした表通りに平野屋はあった。

大戸が閉ざされ喪中の札が貼ってある。裏手に回ると母屋になっていて小僧や奉公人が忙しげに働いていた。

母屋の縁側にお邦が座っていた。横に正太がいる。

お蔦の話を聞いた後だけに二人の間柄の近さを実感できた。

「邪魔する」

近藤の断りの言葉にはわずかながら怒りが滲んでいた。

「これはこれは」

正太は愛想よく挨拶を送ってくる。

「今晩は通夜《つや》か」

「お通夜は菩提寺《ぼだいじ》の正念寺《しょうねんじ》で行います」

お邦はしんみりとした物言いをしたが、いかにもわざとらしく思えてしまう。

「下手人、わかったでしょうか」

正太が訊いた。

「探索したばかりだからな……」

つい、近藤は言い訳めいた言葉を返した。

「それはごもっともでございます」

正太は自分の額を手で叩いた。お邦はもっともらしい顔で、

「どうか、一日も早く下手人を」

と、両手を合わせた。

左膳はうなずいてから、

「わかっておる。それで、早速、久右衛門が通っていたという岡場所に行って来た。

だがな、一昨晩は来ておらなかったという。大和屋から姿を消して、それっきりというのだ」

左膳は思わせぶりな笑みを浮かべた。

「それは……」

お邦は意味がわからないといった風に小首を傾げる。

「それが妙なことに、くノ一狐を追いかけて行ったのだという。知っておろう。くノ一狐のことを」

「ああ、そ、そういえば……」

お邦は素《す》っ頓狂《とんきょう》な声を上げた。左膳が訝しげに視線を凝らすと、

「うちにも出たんですよ。くノ一狐が」

「いつのことだ」

「一昨晩の五つ頃でしょうか。そこの稲荷の油揚げを盗んで行きました」

五つというと、大和屋に出現した半時前だ。これは、偶然なのだろうか。

「なんでそのことを早く言わなかった」

「それは……。亭主が殺されて動転していましたし、それに、油揚げ一枚を盗まれただけですし、そんなに大それたこととは……」

やはり、油揚げ一枚の被害だけ。つくづく妙な盗人である。

「久右衛門はくノ一狐を追いかけて行ったのですか」

「ひょっとして、ここに盗み入られたことを知ったから追いかけたのかもな」

「それはありません。くノ一狐が盗みに入ったことを大和屋さんには知らせに行っていませんから」

お邦はさばさばしたものだ。となると、久右衛門がくノ一狐を追いかけた理由は単なる座興だったのか。それとも、岡場所天満屋に行くための口実か……。

左膳は正太に視線を転じ、

「おまえ、役者をやっていたそうだな」

正太は一瞬、どぎまぎとしたが、

「ええ、そうなんですが」

するとお邦が、

「この人は確かに役者をやってましたがね、今じゃ、うちにはなくてはならない手代になっているんですよ。それはもう、贔屓の客も多くて、しかも値の張る醤油を売ってくれるのですからね」

お邦は心持ち自慢そうだ。

「お邦が手代にしたのだな」

「たまたま、二丁町の茶屋で知り合いましてね。役者を辞めるって聞きましたもんで」

お邦の奥歯に物が挟まったような物言いは岡場所のお蔦の証言を裏付けているかのようだった。

「ところで、正太、一昨晩は何処にいた」

左膳はニヤリとした。

「もちろん、こちらでございます。わたくしは住み込みで奉公させていただいておりますので」

左膳は思わせぶりに近藤に視線を送る。

近藤はそれを受け止め、

「そいつはおかしい。大和屋の周りでおまえを見たって証言がある」

と、鎌を掛けた。

「そんなことはありません」

正太は向きになった。

「おかしいな。他人の空似《そらに》か」

「わたくしは一昨晩はここから一歩も出ておりません」

正太は強い物言いをした。

お邦も身を乗り出して、

「確かに正太はここにおりました」

左膳が、

「正太、おめえのねぐらは何処だ」

「お店の二階でございます」

「そうか、なら、奉公人たちに聞いてくるか」

左膳と近藤が店に身体を向けると、

「一昨晩はここにおったのです」

お邦が口を挟んだ。

「ここというと居間か」

左膳は畳み込む。

「いえ」

お邦はか弱い声で答える。

「すると、こっちか」

左膳はさらに問いかける。

「それは、わたくしの寝間でございます」

「寝間」

近藤が素っ頓狂な声を出した。それから、太い声で、

「不義密通をしていたのかい」

この時代、不義密通は罪である。

「そ、そうじゃございません」

正太は大きく頭《かぶり》を振る。

お邦が、

「久右衛門が留守にしておりましたので、わたくし一人では無用心だと、正太についていてもらったのです。久右衛門が帰るまでの間でございます」

「すると、一昨晩は一晩中お邦の寝間にいたということか」

左膳は下卑《げび》た笑い顔となった。

「変な勘繰りはやめてください」

お邦はきっとなった。

「やましい行いはしていないということだな」

「そんなことあるはずございません」

「もちろんでございます」

正太も強気の姿勢を取った。認めては不義密通の罪に問われるし、二人が不倫をしていたという証もない。

「すると、正太は一歩もここから出てはおらんのだな」

「はい」

「しかと、相違ないな」

左膳は問いを重ねると小僧がお邦を呼びにやって来た。

「お寺に呼ばれましたので、このあたりでよろしゅうございますか」

さすがに通夜の準備を邪魔するのはまずい。お邦は、

「ならば、これで失礼する」

「きっと、下手人をお縄にするからな」

「お願い申し上げます」

お邦はさっさと腰を上げた。

正太もしおらしい顔で面《おもて》を伏せていた。

「ちぇっ」

近藤は庭の小石を蹴飛ばした。

「今日のところは仕方ないな」

左膳が言うと、

「怪しいんですがね、あの二人」

悔しそうに近藤は返した。

「だが、証がないのでは致し方がない」

達観《たつかん》した様子の左膳に、

「来栖殿は正太が下手人と思われますか」

近藤は真顔で訊いた。

左膳は首を縦に振ったものの、

「決め手に欠くな……」

と、捕縛にまでは至らないと言い添えた。

「一昨晩の久右衛門の足取りを追う必要がありますね」

見通しが立ったことで近藤はより一層のやる気を出した。

「そういうことだ、頑張れ」

左膳に励まされ、

「なら、聞き込みをしてきます」

二人は裏木戸から表に出た。

二

その頃、兵部はお雪の訪問を受けていた。

紺の道着姿のまま兵部は道場の支度部屋で向かい合った。普段は使わない火鉢をお雪のために置いたが、貧乏道場とあって修繕が滞り、隙間風が吹き抜ける。兵部は寒さよりも恥ずかしさに包まれた。

お雪は兵部に遠慮してか、寒そうな素振りは見せない。

「旦那、本当にすみませんでした」

お雪は両手をついた。

「いや、ま……手を上げてくれ。詫びられてはな、おれの未熟さを思い知らされているようで却って心苦しい」

照れ隠しに笑顔を浮かべ兵部は言った。

お雪はもう一度頭を下げてから兵部を見返した。

「すりなんぞ、やめろ」

目を合わせるや兵部は告げた。

「はい……」

曖昧にお雪は返事をした。

その様子を兵部は気遣い、

「足を洗えないのか……しかし、小春を手伝っているということは、すりをやめる気持ちもあるのだろう」

兵部に確かめられ、

「ええ、まあ……」

尚もはっきりしないお雪の態度を兵部は訝しみ、

「何かわけでもあるのか」

「わけっていいますか……」

お雪は五年前に心中事件を起こし、死に損なったこと、故郷を追われ、女一人で暮らしていくうちにすりを覚えたことを話した。

「自分でもよくわからないんです。死に損なってみると、生きることにしがみつきたくなったっていいますかね。何をしてでも、生きてやろうって」

「それですりを始めたのか」

責めるような口調ではなく、兵部は穏やかに問いかけた。

「三日も飲まず食わずでふらふらとしていたところ、茶店で休んでいる行商人風の男が財布を忘れていったんですよ」

お雪は届けるつもりで財布を拾った。しかし、つい、その財布の銭で団子を食べてしまった。

それ以来、置き引きをするようになったがある時、すりの現場に遭遇した。

「あたしと同じで女のすりでした」

その女すりは武士から財布をすり取った。

「すられたお侍が追いかけて来たんですよ。それで、その女は咄嗟《とっさ》にあたしに財布を渡したんです」

お雪は財布を受け取り、離れた場所で成行きを見守った。

武士は財布を返せと女を問い詰めた。

「言いがかりはやめておくれ。あたしゃ、お侍の財布なんかすっちゃいないよ」

女は白《しら》を切った。

「惚けるな！　潔く返せば、咎め立てはせぬ」

武士は目を剝いて迫った。

「着物を脱いで持ってないことを見せてやるよ。その代わり、往来で女が着物を脱ぐんだ、財布が出てこなかったら、お侍、腹を切ってもらうよ」

女は啖呵《たんか》を切るや、帯を解き着物を脱いだ。襦袢《じゅばん》姿となり、武士に襟をはだけて見せ、財布を持っていないことを示した。

武士はおろおろとした。道を行き交う旅人から切腹しろ、という野次が浴びせられると、武士は這《ほ》う這《ほ》うの体《てい》で逃げ去ったのだった。

女はお雪に感謝して、飯を驕《おご》ってくれた。身の上話をしているうちにその女の家に居候《いそうろう》することになった。女はお福《ふく》という女すりだった。

「お福さんにすりとして仕込まれたんですよ。あたしは、お侍相手に啖呵を切ったお福さんの様子が良くて……あたしもあんな風に度胸満点の女になりたいなって……」

懐かしそうにお雪は遠くを見る目をした。

「そのお福は……」

兵部が確かめると、

「今年の春に労咳《ろうがい》で亡くなってしまいました」

お雪はしんみりとなった。

「そうか……」

気の利いた言葉を返そうとしたが思い浮かばない。

「それで、あたしもすりをやめようかって、だけど、やめても何をやったらいいのかわからないし」

ついつい、惰性ですりをしていたのだそうだ。

「小春で料理を学び、小料理屋を出してはどうだ」

「そうしようかと思っているんです。多少の蓄えはありますんでね。もっとも、すりで稼いだお金ですけどね」

ばつが悪そうにお雪は舌を出した。

「金に記《しる》しはない」

兵部は笑った。

「それもそうですね」

釣られるようにお雪も噴き出した。

ふとしたようにお雪は、

「それと……ま、いいや」

言いかけて口を閉ざした。

「なんだ、気になるではないか」

話すよう兵部は促した。

お雪はうなずくと、

「茂平《もへい》さん……五年前の心中相手ですけど、茂平さんと心中するきっかけになったお芝居があるんです」

お雪と茂平はその芝居を見るまでは、心中ではなく、駆け落ちをしようとしていたという。

「それから、茂平さんは何度も小屋に足を運んだんですよ」

お雪は顔を曇らせた。

「どんな芝居だ」

兵部が問いかけると、

「元禄の頃、大坂で評判を取った、『曽根崎心中』です。上演は御法度なんですがね、藤村菊之丞一座っていう旅芸人一座が御上の目を盗んで小屋にかけていたんです」

お雪は言った。

「藤村菊之丞一座か……聞いたことがあるぞ。菊之丞は公家に勤める青侍の御落胤だという噂があるな。近頃、江戸でも、『曽根崎心中』を上演して評判を取っているそうだ。その芝居に影響されてかどうかはわからぬが、心中が起きたそうだ。そうか、茂平は菊之丞一座の芝居に魅せられてしまったのだな……」

おれには理解できない、と兵部は呟いてから話を続けた。

「一座の芝居は、そんなにも素晴らしいというか、真に迫るものなのか」

「それはもう……お初と徳兵衛が心中を遂げようする道行《みちゆき》の場面では小屋のあちらこちらからすすり泣きが聞こえていました。この世の名残、夜も名残、死ににゆく身をたとふれば、あだしが原の道の霜……」

茂平を思い出したのかお雪の目にはうっすらと涙が浮かんだ。

「茂平はすっかり魅了されたのだな」

うなずきながら兵部は言った。

「あたしは、心中への憧れじゃなくて、恐くなったんです。茂平さんには心中を思い留まるよう頼んだんですけど……」

茂平はとり憑かれたように心中すると言い張った。

「仕舞には他の女と心中をする、なんて言い出したりして」

お雪は顔をしかめた。

「茂平にはそなた以外に好いた女がおったのか」

けしからん奴だ、と兵部は茂平の不誠実さをなじった。

「好いた女ではないんです。岡場所のお女郎と無理心中をするって」

「それでは、心中のための心中ではないか。あの世で好いた女と添い遂げるのではなく、『曽根崎心中』を観ているうちに、ただ心中をしたくなってしまったのか」

兵部は首を捻った。

「そうみたいです。ですけど、あたしは見知らぬ女と心中されたんじゃ、捨てられるような気がして承知したんです」

お雪は茂平と小舟に乗って海に漕ぎ出し、沖合に出たところで飛び込んだ。

「でも、あたし、気が付いたら泳いでしまって……茂平さんとはぐれて、浜に泳ぎ着いたんです。今にして思えば、心中で死にたくないって気持ちがあったのかもしれません」

茂平だけを死なせた罪悪感に駆られたようで、お雪はうつむいた。

「生き残ったのだ。それは、神仏の恵みだと喜ぶのだ」

兵部の慰めにお雪は小さく首を縦に振った。

「とは申しても、心中をし損なった時は辛かっただろうな」

「村の鎮守《ちんじゅ》の鳥居に縛りつけられて五日間、晒し物にされました。二親《ふたおや》は村から追い出されました」

「それは厳しいな。しかし、心中した者は人別帳から抜くのだろう。そなたは無宿人扱いではないのか」

「それに、茂平さんが家から大金を持ち出したそうなのです」

「いくらだ」

「五十両だったとか」

「心中しようというのに五十両を持ち逃げしようとしたのか」

奇妙だ、と兵部は言った。

「おかしな話ですよね。実際、茂平さんはお金なんか持っていませんでした。小舟から飛び込む時、着物を脱いだのでわかります」

だが、茂平の親も村の者もお雪が奪った、それで自分だけ生き残った、と疑い、お雪の両親は村に居られなくなったそうだ。

「ひどい話だ。茂平が金を持ち出すはずはないのだから、茂平の家に盗人が入ったのだろう」

兵部は断じた。

お雪は考え込んでいたが、

「あの頃、変な盗人が出没していたんです。女忍びの扮装で商家やお庄屋さんの家に盗みに入るんです。狐のお面を被っていて、御屋敷にあるお稲荷さんに供えた油揚げを盗んでいたんです。茂平さんの家も入られた、とか」

兵部の胸が高鳴った。

くノ一狐が出没していたのか……その時も藤村菊之丞一座が『曽根崎心中』を上演していた……偶々か。

するとお雪の顔が引き攣った。

何かよからぬことを思い出したようだ。

「いかがした」

兵部が問いかけると、

「あたしが川崎宿を去ってからですが……そう、十日くらい経ってから江戸で聞いたんですけど、茂平さんの実家に盗賊が押し入ったんです。恐ろしい盗賊で……亜相の丹兵衛という東海道のあちらこちらの宿場で盗みを働いているって」

お雪は恐怖におののいた。

「茂平の実家はどうなったのだ」

訊かずとも想像ができたが、つい問うてしまった。

「金品ばかりか、ご家族や奉公人方まで……」

　お雪は言葉を詰まらせた。

　皆殺しにされたようだ。

「あたしが茂平さんと恋仲になったばっかりに、そんなことになったんじゃないかって」

　しばらくお雪は自分を責めたそうだ。自分は疫病神《やくびょうがみ》じゃないか、と罪悪感に苛まれたという。慰めの言葉をかけてやりたいが思い浮かばない。

　お雪は小さくため息を吐いてから、

「では、しばらく小春でお世話になりますので、よろしかったら、いらしてください」

　と、笑顔を取り繕ってから帰っていった。

三

　それから三日が過ぎた。霜月八日の夕暮れである。

　近藤銀之助は一日、平野屋の聞き込みに回った後、心身共に疲労困憊して北町奉行所に戻ると、同心詰所で横山が待っていた。

「おまえ、相対死を蒸し返しておるのか」

前置きもなく横山は問いかけてきた。

近藤は認めてから、

「平野屋の手代、幸太郎と天満屋の遊女、お梅は相対死ではありませぬ。あれは、殺しです」

臆《おく》せず、断固として主張した。

横山は押し黙った。

心中を探索することへの抵抗があり、近藤にやめさせようというのだろう。

が、意外にも、

「探索を進めろ」

と、指図をした。

「よろしいのですか」

思わず聞き返してしまった。

「殺しと睨んだことに自信はあるのだろう」

目を凝らし横山は確かめてきた。

「はい。殺しに相違ありません」

近藤は天満屋でお梅と親しかった女郎に会った話をした。

「お梅は平野屋の手代でも、幸太郎ではなく、正太に惚れていたそうなのです。そして、正太には貢《みつ》いでいた、とか」

近藤が報告をすると、

「なるほど、隠れた絵図が浮かび上がってくるな。平野屋の主人、久右衛門殺し……それに、女房お邦と手代、正太、これは臭いな」

横山は言った。

「では、幸太郎とお梅の心中、それに平野屋久右衛門殺しを絡めて探索を致します」

近藤は決意を込めて言った。

期待をすると近藤を励ましてから、

「近藤が大和屋で聞き込んだ、くノ一狐とか申す盗人、今のところ子供の悪戯のような盗みだが、さて、それで済むか……」

忌々しい女盗人だと横山は不満を並べた。

左膳は左膳で久右衛門殺しの壁にぶち当たっていた。近藤に任せておけばいいのだし、町奉行所とは無関係な自分がこれ以上しゃしゃり出るのは憚られるのだが、一旦、首を突っ込んでしまって今更抜け出せなくなっている。

我ながら野次馬根性丸出しだ。浪人暮らしがそうさせたのか生来の性質なのか、

「どうでもいいな、そんなこと」

自嘲気味な笑みを浮かべ左膳は不忍池に向かっている。

くノ一狐の行方はわからず、久右衛門の足取りも掴めない。二人とも大和屋から出て行ってから闇に呑まれ、そのまま何処へともなく姿を消したままなのである。

一体、久右衛門はどのような経路を辿って不忍池の畔で殺されたのか。

不忍池の畔に着いた。

雲行きが怪しく、くすんだ光景に見える。蓮《はす》の花に視線を預け、

「こら、一雨きそうだな」

左膳は独り言を呟いたが、雨どころか、嵐が来そうであった。

さて、不忍池に来たものの、何かを語ってくれるわけではない。大和屋からここまではさほど遠くはない。

左膳は地面を見た。

久右衛門の亡骸が横たえられていた場所だ。もちろん、今はきれいに清掃がなされ、

亡骸があったとは夢にも思わない。なにせ、大勢の人間、特にわけありの男女の憩いの場である。

出会い茶屋が軒を並べ、弁天島《べんてんじま》を詣《もう》でる客に向け茶屋も営まれている。すっかり、日常を取り戻し、賑わっていた。

大和屋からは二町ほどの距離である。

夜四つの頃、ここを通りかかった自身番の町役人はここには久右衛門の亡骸はなかったという。

大和屋から久右衛門がくノ一狐を追いかけて出て行ったのが五つ半（午後九時）だ。久右衛門は少なくとも四つ（午後十時）にはここにはいなかったということだから、四半時ほどの間、何処かに行っていたことになる。

岡場所には行かなかった。何処か、不忍池の周辺を酔いさましがてら散歩でもしていたのかもしれない。

「酔いを醒ましてから岡場所に行こうとした、か。考えられなくはないな」

左膳は言った。

続いて、

「なんで殺されたのだ。財布は奪われていなかった。物盗りの仕業ではない。喧嘩か」

　思いつくままを左膳は口に出した。

　久右衛門はこの界隈じゃ知られた男のようだったから、誰かに見られたとしてもおかしくはない。

　しかし、この自分の考えを、

「そりゃ、夜遊びをしているところを見られたくはないだろうからな」

　左膳は否定した。

　そこへ、近藤がやって来た。

「すっかり、来栖殿のお手を煩わせておりますな。傘張りのお仕事に支障があるのではありませぬか」

　恐縮する近藤に向かって、

「好きで探索に加わっておる。今、手を退けば、気になって傘張りなどできぬ」

　左膳は気に掛けるな、と言《げん》を添えた。

　一礼してから、近藤は聞き込みの成果を報告した。

「このところの聞き込みですと、久右衛門を悪く言う者はおりません」

「奉公人たちの評判も良かったのだろう」

「そうなんですよ。それに比べて、正太というと」

近藤は顔をしかめた。

「そんなに評判が悪いか、正太の奴」

「女の客や出入り先にはいいのですよ。なにせ、あの男前ですからね。しかし、店の奉公人たちには評判が悪いですね。まあ、表立っては悪口を言う者はおりませんが、今じゃ、主人気取りだそうですよ。お邦が主人になって平野屋を切り盛りしているんですがね、何かと正太が口を出すようで、お邦も正太の言うことには素直に従うそうです」

「まるで、正太が平野屋を乗っ取ったようだな」

「それですよ」

近藤は手を打った。

「ということは一番怪しいのはあの二人ということになるのだがな。だが、決め手にかける」

「いっそ、しょっ引きますか」

近藤は腕捲くりをした。

「お邦と正太は店から一歩も出ちゃいなかったのではなかったか」

「そのようです」

残念そうに近藤は唇を嚙んだ。

「まあ、そういうことだ。それにしても、どうもしっくりこないな」

左膳は曇天を見上げた。

「なんだか、すっきりとしませんね」

近藤も鈍色《にびいろ》の空に視線を這わせた。

「すっきりするには」

左膳は思案するように目を細めた。それからはっとしたように、

「そう言えば、くノ一狐、大和屋に出現する前は平野屋に現れたんだったな」

「そうですけど、それがどうかしましたか」

近藤が問い直した時には左膳は走り出していた。

左膳と近藤は平野屋の裏手にやって来た。

嵐の襲来に備え、奉公人たちが忙しげに働いている。雨戸を閉め、屋根に上って瓦の状態を確かめたりもしていた。その中で、物置から正太が大八車を引っ張り出して来た。筵が敷いてあり、正太は裏木戸から持ち出そうとしている。

「待て」

左膳は正太の前に立った。

正太は戸惑いの表情で、

「ご覧のような慌しさでございます。嵐がやって来そうでございますので」

「その大八車を何処へ持って行くのだ。仕舞ってあったものを持ち出すことはあるまい」

左膳が疑問の目を向けると、

「お得意さまに呼ばれまして……余分に納めた醬油樽を引き取りにゆくのです」

左膳から視線をそらし、早口になって正太は答えた。

「嵐が来るというのにか。引き取りなら嵐が過ぎてからの方がよかろう。もう雨が降るぞ。大事な商品だ。明日に行けばよいではないか」

左膳に言われ正太の目が泳いだ。

左膳は近藤に目配せした。近藤が筵を捲り上げた。大八車の荷台は黒ずんでいた。

「こら、血の跡だな」

近藤は正太に十手を向けた。正太は頬を引き攣らせ、

「違います」

否定したものの声はしおれていた。

「番屋に来てもらうぞ」

近藤に言われ、正太は首をすくめた。

番屋で正太はあっさりと白状した。

正太とお邦は久右衛門が留守なのを幸いにお邦の寝間で楽しんでいた。ところが、朝まで戻って来ないはずの久右衛門が突然帰って来た。

何故、帰って来たのか正太は見当もつかないという。

左膳は久右衛門が平野屋に帰ったのには、くノ一狐が関わっていると推量した。くノ一狐は大和屋の前に平野屋に出没した。そこで、正太とお邦の不倫を目撃し、久右衛門に追いかけられた際に話したのではないか。

久右衛門とて二人の仲を知ってはいたが、自分の留守を狙って自分の寝間で楽しまれては我慢ならなくなっただろう。それに、不義の現場を押さえれば、正太を追い出す絶好の口実だ。お邦にも睨みが利く。

正太は久右衛門と争い、衝動的に刺してしまった。そして、お邦に手伝わせ久右衛門の亡骸を大八車に乗せ不忍池の畔まで運んだのだった。

「正太、おまえ、天満屋のお梅を知っているな」

近藤は問いかけた。

正太の目元が引き攣った。

「お梅を殺しただろう」

近藤は迫る。

「し……知りませんよ」

強い口調で正太は白を切った。

「お梅から貢がせていたそうではないか」

尚も近藤が問い詰めると正太は惚けようとしたが、

「ちょいと、あんた、どういうことよ」

お邦が騒ぎ出した。

「い、いや」

正太はお邦に言い訳を始めた。二人は揉め始めた挙句に正太は認めた。

四

その日、夜の帳《とばり》が下りてから兵部は鈿女屋の次郎右衛門から渡された書付に基づき、夜回りをしている。身を切るような夜風に白い息が流れ消えてゆく。夜空に浮かぶ寒《かん》月《げつ》は透き通るように蒼白く、厳寒の夜空を彩っていた。

書付の中に知っている商家があった。

新川町《しんかわちょう》にある呉服屋、布袋屋《ほていや》である。主人峰次郎《みねじろう》は兵部の剣術道場に通っている。

峰次郎は剣術以上に義太夫に凝っており、近日中に会を催して披露するそうだ。剣術といい義太夫といい、大店の主人らしく店は番頭に任せ、好きな趣味を楽しむ結構なご身分である。

義太夫の会には、お得意先や奉公人を招いて得意のネタをたっぷり語るのだと張り切っている。そのためにしばらく剣術の稽古を休ませてください、と申し出られた。

本人たっての希望ゆえ兵部は許した。すると、峰次郎は兵部にも出席を求めてきた。料理屋、大和屋で催すため、出席者は料理や酒でもてなすそうだ。

出席を快諾《かいだく》しようとしたが、他の門人の間で交わされる噂話を思い出した。峰次郎の義太夫は下手の横好きの領域を超え、それはもう聞くに堪えないものだという。聞くのは苦行だそうだ。

峰次郎の好意を面と向かって断るのは憚られた。それに、兵部が閑なのは明らかで、多忙を理由に欠席するわけにはいかないのだ。兵部は出欠の返事を曖昧にしていた。

布袋屋では店仕舞をしてから主人峰次郎が寒夜に浮かぶ月に向かって微笑むと、

「さて、やるか」

と、呟いた。

なにせ、十八日の晩には義太夫を披露する。みっちりと稽古しておかなければならない。

峰次郎は見台《けんだい》に義太夫の読み本を置き、

「ああっ……ああっ」

と、声の調子を整えた。傍らに置いた白湯《さゆ》を一口飲んでからおもむろに見台に向かう。

「まずは、太十《たいじゅう》だ」

と、「絵本太功記《えほんたいこうき》」十段目の名場面を広げる。

峰次郎はじっと見台に視線を落とし、

「これ見たまえ光秀殿《みつひでどの》……」

と、武智《たけち》光秀の妻操《みさお》の名台詞を語る。声が裏返り、顔つきは一変した。大店の商人らしい柔和な容貌はなりを潜め、目は吊り上がり、こめかみに血管が浮き出ていた。首を絞められたような形相ながら本人は大真面目である。

と、庭先の稲荷に一人の人影が立った。黒頭巾を被って狐の面を被り、身に着けた小袖、袴までが黒色だ。軽々とした動作で稲荷の鳥居を潜ると祠の前に立った。

そして油揚げを盗る。

その間にも峰次郎は義太夫を唸っていた。くノ一狐はちらりと居間に視線をやる。

峰次郎もくノ一狐を見返したが、一心腐乱《いっしんふらん》に義太夫を語り続ける。

鳥居にくノ一狐参上の書付を貼ると峰次郎の気を引こうと両手を揃えぴょんぴょんと跳ね、身軽な動作で黒板塀に立った。

その時、

「ととさまあ～」

峰次郎の声がひときわ大きくなった。

「絵本太功記」から「三十三間堂棟木の由来《さんじゅうさんげんどうむなぎのゆらい》」に入っている。耳を覆いたくなるような悪声で尚且つ調子外れだ。くノ一狐の身体はよろめき板塀から転倒した。

兵部が布袋屋の近くにやって来ると耳をつんざくだみ声が聞こえた。一瞬にして気分が害され、思わず立ち止まってしまった。

「これが噂の義太夫か」

門人たちの噂が真実とわかった。峰次郎には悪いが義太夫の会は欠席しよう、と決めた時、ほっそりとした女が立っている。暗がりで面差しはよく見えないが、二十歳前後の粋な年増のようだ。

「女が夜道の独り歩きは物騒だぞ」

声をかけると、

「すみません。近所ですから」

女は歩き出した。女は右足をわずかに引きずっていた。

「怪我をしているのではないか」

気になって兵部は呼び止める。

「ちょっと、挫《くじ》いてしまいました」

「それはいかぬな」

女をおぶってやろうと背中を向けて屈み込んだ。我ながらありがた迷惑かと思ったが、今更止められない。

「さあ、遠慮するな」

女を促したが、

「お侍さまにご迷惑はかけられません」

女は断った。

「女の独り歩きでも物騒なのに、その上怪我をしているではないか」

遠慮するな、と兵部は再び声をかけてから、

「おれは神田相生町で剣術の道場を開いておる来栖兵部と申す」

女の警戒を解くべく素性を明かした。

女の目元がわずかに和らいだが、

「ですが、月夜でございますので」

と、遠慮をした。

こうなったら意地だ。

「月夜と申しても女の夜歩きは無用心だ。家まで送ろう」

「でも」

抗う女を半ば強引に負ぶったのは色香に惑ったわけではない。女の醸《かも》し出す雰囲気が守ってやりたいという男の本能を呼び醒ましたのだ。

根負けしたように女は兵部に負ぶわれた。

「軽いな」

兵部は女の軽やかでそれでいて丸味を帯びた身体の感触を感じた。

女はおずおずと、

「久美《くみ》と申します」

と、名乗った。

「お久美か。家はどこだ」

「鉄砲洲《てっぽうず》の船宿渦潮《うずしお》でございます」

新川からだと五町程だ。昼間なら近いが、夜道の女の独り歩きとなると、決して近いとは言えない。ましてや足を挫いては骨であろう。

「船宿に勤めておるのか」

「女将をやっています。と言っても、雇われているんですがね」

「そうか」

兵部は言いながらお久美となんとなく語らうのが楽しくなった。八丁堀に沿って夜道を急ぎ、四半時も歩くと鉄砲州の船宿が数軒見えてきた。その中に渦潮という暖簾が夜風に揺れていた。

「あれか」

と、船宿を指差す。

「そうです。もう、ここで結構でございます」

「よし」

兵部はゆっくりとお久美を下ろした。お久美は月明かりに艶然《えんぜん》とした笑みを浮かべた。冬夜に浮かぶその面差しは艶っぽい。

「ありがとうございます」

お久美は腰を折った。

「怪我、気をつけてな」

兵部は片手を上げ、踵《きびす》を返した。お久美は足を引きずりながら船宿に入って行った。

お久美の姿が見えなくなってから、布袋屋に戻ろうとしたが峰次郎の義太夫を思い出し、足が遠退《の》いた。

書付に記載された鉄砲洲から新川、八丁堀界隈の商家を夜回りすることにした。

翌々日の十日、兵部は暇だった。
道場に通う町人たちが揃って流行《はや》りの感冒を長びかせ欠席を届けてきたのだ。
となると、何をするでもない。
一人で剣の稽古でもしようかと思ったが、それもする気にはなれなかった。何より
も抜けるようにぽっかり空いた一日を有効に過ごせと告げているようだ。
ふと、一昨夜の娘のことが気にかかった。
鉄砲洲まではそれほどの距離ではない。
「行ってみるか」
兵部は呟くと鉄砲洲に向かった。空色の小袖を着流し、黒の角帯《かくおび》を締めて大小を落
とし差しにする。それに菅笠《すげがさ》を被っていかにも気楽な装いとなった。
冬晴れの柔らかな日差しに誘われるように越前堀《えちぜんぼり》を進む。澄んだ空気が吹き抜け、
荷船を操る船頭たちの船歌も耳に心地よい。
北紺屋町《きたこんやちょう》、永島町《ながしまちょう》、日比谷町《ひびやちょう》の町家を通り過ぎると高橋《たかばし》が見えてきた。八丁堀に
架かる稲荷橋《いなりばし》を渡ると、通称鉄砲洲稲荷と呼ばれる湊《みなと》稲荷がある。
それを通り過ぎると鉄砲洲だ。
一昨晩の女お久美が奉公している船宿渦潮はすぐ目と鼻の先にあった。

船宿渦潮の暖簾を潜った。

「おいでなさい」

晴れやかな声は一昨晩のお久美だ。お久美はまだ右足を引きずり玄関に三つ指をついた。わずかに痛そうに顔をしかめる。

「許せよ」

兵部は菅笠を脱いだ。見上げるお久美の顔に戸惑いがわずかに浮かび、直《じき》に笑みがこぼれた。陽光を受けたお久美は、化粧気はないが、目鼻立ちが整い紅を差しているだけながらもあだっぽい。

「来栖……さまでございましたね」

上目遣いに確かめられ、

「来栖兵部、貧乏剣術道場の道場主だ」

何も貧乏と自虐《じぎゃく》することはないが、照れ隠しで言い添えてしまった。

「一昨晩はありがとうございました。おかげで、助かりました」

はきはきとした口調がお久美の回復ぶりや思ったよりも怪我が軽かったことを物語っている。

「そんなことは気にすることはない」

兵部は視線を外した。

「今日は舟遊びでございますか」

「門人がみな欠席で道場は休みとした。よき日和《ひより》に誘われて出てまいった。それに
……」

と、お久美の右足に視線を移す。

「ご心配くださったのでございますか」

お久美はにっこりと微笑み、

「心配というか、気になった」

「お優しいのでございますね」

言いながらお久美は兵部を中へと導き、目の前にある階段を上る。

「あいにく、船頭は出払っておりまして。ここでしばらくお待ちください」

二階の部屋に通された。

窓が開け放たれ大川の水面《みなも》が見渡せる。正面には江戸湾に出入りする船を検める向《むか》井将監《いしょうげん》の御船手番所があり、右手には石川島《いしかわじま》の人足寄場《にんそくよせば》がある。

「お酒をお持ちしましょうか」

「いや、いらぬ」

「お酒はお飲みにならないのですか」

「昼は飲まんのだ」

「道場はお休みなのでしょう。律儀なお方なのですね」

「律儀というのではなく、慣わしだな」

兵部が淡々と述べるとお久美はくすりと笑った。笑うと八重歯《やえば》が覗き、冬の日差しを受け真っ白な輝きを放った。

「おかしいか」

兵部も釣られるように笑った。

お久美は茶を持って来ますと部屋を出て行った。なんとなくほっとした気分と甘酸っぱいものが胸にこみ上げる。

しばらくして、

「行きますよ」

窓の下からお久美の声が聞こえた。見下ろすと猪牙舟《ちょきぶね》が桟橋を出ていくところだ。舟の客はなんと布袋屋峰次郎である。小柄な男が船頭だ。子供のような面構えで小柄な身体と相まって地蔵のようである。

猪牙舟はその名の通り、先が猪《いのしし》の牙《きば》のように尖《とが》った一人乗りの舟だ。速度が速いため、急いでいる時には便利だ。急いで大川を北上したい男客が目指すは吉原、という場合が多い。

なんだ、峰次郎の奴、稽古を休んで舟遊びか。いや、猪牙舟を仕立てたとなると吉原通いか。馴染みの女から登楼《とうろう》を請う文でも貰ったのかもしれない。

船縁《ふなべり》にお久美が両手を添え、

「行ってらっしゃい」

というのは、舟が出ることには何の足しにもならないが、愛嬌《あいきょう》があるものである。

船頭は棹《さお》を使い、猪牙舟はゆるゆると漕ぎ出された。

剣術の稽古より、いやひょっとして義太夫の稽古よりも吉原の方が楽しかろう。

お久美が茶を運んで来た。

「今の客、新川町の布袋屋の主人だろう」

「よくご存じですね」

「舟遊びか」

「そのようですね」

「よく来るのか」

つい、峰次郎が吉原通いをしているのか気になってしまった。

「いいえ、今日が初めてでございますよ。いつも使っている船宿が満杯でどこか探そうとなすっていたのをうちの権太兄ちゃんがお誘いしたんです。権太兄ちゃんというのは布袋屋さんを乗せた猪牙舟の船頭です」

「あまり似ておらんな」

艶っぽい年増のお久美と、小柄で地蔵のような権太は血が繋がっているようには思えない。

案の定、

「兄ちゃんとは本当の兄妹じゃございませんので」

躊躇いもなくお久美は答えた。

「なんだか、わけありのようだな」

「つまらない話でございます」

お久美は過去の詮索《せんさく》をされることが迷惑のようだ。

その少し前のことだ。

布袋屋の峰次郎は鉄砲洲にやって来た。

店を番頭に任せ、思い切り義太夫の稽古をするのに、船宿を利用している。船を仕立て、大川で義太夫を語ると実に気分がいいのだ。

いつも使っている船宿は、船頭が出払っているという。大川に舟を浮かべ、思う存分に義太夫を語るつもりだ。今日の青空がそのことを何よりも誘ってもいる。

女将が出て来た。

「今日は舟の上で義太夫を語るよ」

峰次郎は青空を見上げ言った。峰次郎の願いが通じたのか、折よく船頭が舟を操って戻って来た。女将が峰次郎の希望を告げると船頭は顔色を変えた。そして、二人の間で何やら揉め始めた。峰次郎の耳には会話の内容は届かなかったが、船頭は峰次郎と二人きりになって大川に舟を浮かべることを嫌がっている。

まともに峰次郎の義太夫を聞かせられることに不安と恐れを抱いているようだ。

女将はそれを大きな笑みで隠し、

「申し訳ございません。舟には先約があるのですよ」

「それは仕方ないね」

がっくりしながらも、他を当たろうと気を取り直した。すると、前から小柄な地蔵のような顔をした子供がにこにこ顔で近づいて来る。

近づくにつれ、子供ではなく一人前の男だとわかった。軽やかな足取りで男は近づ

いて来て、

「これは、布袋屋さんの旦那じゃございませんか」

と語りかけてきた口調は滑《なめ》らかだ。

「あたしのこと、知っているのかい」

「たびたび、素晴しい義太夫を聞かせていただいてるよ。大川で舟を浮かべ、語っていらっしゃるじゃない」

男の物言いはまるで子供のようで言葉遣いがなっていないが、義太夫を聞いてくれていることに峰次郎は相好《そうごう》を崩した。

「それはもう素晴しいもんだよ。今日もどこかの船宿で語るの」

「今日も舟を浮かべて大川でと思っているんだ」

「それはいい。最高の気分だよ。それなら、おいらの舟に乗っておくれよ」

その物言いはぶしつけなものながら、不快感はしない。不思議な親近感を抱かせる。

「おまえさん、船頭なのかい」

「その先の渦潮って船宿で船頭をしているんだ。おいら、権太っていうんだ」

「そうかい。それは好都合だ」

「それはこっちの台詞だよ。旦那の義太夫をたっぷりと聞けるんだからね」

「おまえさん、うれしいこと言ってくれるね」

峰次郎はすっかり上機嫌となった。

「権太って呼んどくれよ」

「じゃあ、権太さん」

「さんはいらないよ」

権太こと地蔵の権太は小さな身体でちょこちょこと歩き出した。峰次郎も機嫌よくついて行く。

「旦那は義太夫をいつから習ったの」

「もうかれこれ、一年半くらいかな」

「そんななのにあんなにうまいんだ」

「上手じゃないさ」

「うまいよ」

権太は大真面目に誉める。峰次郎はすっかりその気になり、

「今度、みんなに聞かせるんだ」

「そら、いいな」

「権太も来るかい」

「行っていいの」

「ああ、もちろんだ」

「楽しみだね」

権太はいそいそと歩き出した。

五

峰次郎が権太の船宿に入ると、あだっぽい年増女が出迎えた。峰次郎はその時、何かこの女とどこかで会ったような気がした。

が、目を凝らしてみたところで思い出すことはできない。

「すぐに、舟は出るよ」

権太から声がかかったため峰次郎は桟橋へと降りた。

「旦那、舟はよく乗るの」

「よくではないがね、まあ、時折だけど」

「吉原に行く時に使ったりするの」

「あたしは、吉原通いはしないよ」

「ほんと」

「そんなことはしないさ」

峰次郎は桟橋から猪牙舟に乗り込んだ。小さく揺れ身体の均衡を欠き、川風に羽織が揺れた。

「出すよ」

権太はお久美を振り返った。

お久美はにっこり微笑むと船縁に両手を添えた。

権太は棹を操り舟はゆるゆると漕ぎ出した。舟は石川島に向かって進む。峰次郎は声の調子を整えようと、何度か空咳《からせき》をした。

舟は石川島と佃島《つくだじま》の間を進む。佃島の岸に沿って住吉明神《すみよしみょうじん》の社が見えて来た。江戸湾に近く潮の香りが濃厚に立ち込めている。

石川島と佃島の間を通り抜けると大きな川面、というより江戸湾の入り口である。視界が広がり水面は陽光が降り注ぐ中、眩しいばかりの輝きを放っていた。海鳥が空を飛び交い、地平の彼方までも見渡せる。

「気持ちがいいよね」

権太は声をかける。

「義太夫を思い切り語りたくなったね」

「語ればいいよ」

「なら、早速」

峰次郎は懐から義太夫本を取り出した。胸一杯に潮風を吸い込み、

「ととさま〜」

と、唸った。

「いよ、名調子」

権太が合いの手を入れる。

峰次郎はすっかり気分を良くした。次から次へと語り込んでいく。その都度、権太は絶妙の間合いで声をかけてきた。

権太は巧みに艪《ろ》を操り、舟を深川新田《ふかがわしんでん》に着けしばらくしてから離れ反対側の明石《あかし》町《ちょう》の河岸に着ける。峰次郎は時の経つのも忘れ義太夫語りに熱中した。

やがて、風が冷たくなってきた。日が西に傾いている。

「おや、すっかり、時を過ごしてしまったね」

「まだ七つ（午後四時）だよ」

「こらいけない。戻るとするか」

「まだいいじゃない」

「そんなわけにはいかない。今日のところはこれまでにするよ」

峰次郎は喉を撫でた。

「じゃあ、明日ね」

「そうだね、明日もお願いするか」

義太夫の会が迫っている。その前にさらっておくのも悪くはない。

「うれしい。また、明日、旦那の義太夫が聞けるなんて、本当にありがたいや」

権太は無邪気に喜んでいる。

「そんなによかったかい」

「とっても」

「あたしも気分がいいよ」

峰次郎はすがすがしい気分になった。なんで、もっと早く権太の舟の上で語らなかったのかを悔いさえした。

「じゃあ、明日の昼も待ってるね」

「頼むよ。昼九つに来るからね」

「ありがとう」

権太は巧みに艪を操り船宿へ戻って行った。船宿に着くまで権太はあれやこれやと話を続けた。峰次郎は返事をしているものの義太夫を語り続けたためにかすれた声でしか返すことはできず、声を発することも億劫《おっくう》だ。

それでも、権太の話は決して不愉快ではなかった。それどころか、話しているうちに権太への親しみを深めた。

一方、兵部は峰次郎の舟が見えなくなるまで見送ると、

「布袋屋の旦那、なんだかうれしそうだったな」

と、お久美に語りかけた。

「さようでしたね」

お久美はうなずく。

「こんなよい天気なのだ。舟で出かけるにはもってこいだろう」

「すみませんね、舟をお出しできなくって」

「ま、いいさ。ここから大川を眺め、川風に吹かれているだけでも晴れ晴れとした気分に浸れる」

「来栖さまはまことお優しいのですね」

「馬鹿を申せ」

「本当のことを申しているのですよ」

お久美は艶然とした笑みを浮かべ、

「お詫びに一杯、差し上げます」

「いらん」

「そんなつれないことを申されますな」

お久美は引かない。

「では、少しだけ」

兵部が応じたところでお久美は階段を下りた。昼間から酒を飲むことに少しばかりの罪悪感を抱いたが、それもお久美の笑顔と冬晴れの空に後押しされてしまった。

兵部はお久美が持って来た酒と肴を楽しんだ。

「近頃、面白いことってありますか」

「さて、そんな面白いことなどはないな。心中騒ぎが続いたと思ったら、心中に見せかけた殺しと亭主殺しまであった。殺伐《さつばつ》としておるな。それと、くノ一狐というのが世の中を騒がしておるそうだ。いや、今のところ、騒がすまでには至っていないが……いずれにしても世の中物騒だ……いや、物騒な出来事は目立つし、興味をそそるから、流布《るふ》しやすい。それで、嫌な世の中になったものだ、と思ってしまうな」

酒が入ったせいか、まとまりもなく饒舌《じょうぜつ》に語った。

「くノ一狐……聞いたことあります。油揚げを盗む盗人ですよね」

「妙な盗人さ」

「捕まえることできますかね」

お久美はくノ一狐に興味を抱いたようだ。

「中々、狐だけに尻尾を見せないな」

「御奉行所では後を追っているんでしょ」

「いや、奉行所は追っていない。何しろ、油揚げ一枚を盗むだけだからな。盗みに入られた商家も届け出も訴えもしていないそうだ」

「旦那は捕まえようとしておられるんじゃないですか」

表情を引き締め、お久美は問いかけた。

「どうしてそんなことを訊く」

その時、妙な違和感を覚えた。

「だって、気になるじゃありませんか。評判の盗人なのですよ」

「そうか……」

盗みに入られた商家や、その商家と付き合いのある者たちの話題となっているが、読売が書き立てているわけでも、物見高い江戸っ子の噂話にもなっていない。どうしてお久美はくノ一狐に拘わるのだろう。

船宿には様々な噂話と共にくノ一狐のことも耳に入り、興味を示したのだろうか。

兵部は曖昧に言葉を濁しながら酒を飲んだ。お久美はあれこれと世話を焼いてくれたが、やがて、新たな客が入って来た。

「ならば、これで」

兵部は部屋を出た。

どうにも胸にわだかまりが残った。

第四章　恐怖の義太夫

一

峰次郎は上機嫌で家に戻った。店に顔を出したがすぐに、番頭から道場主の来栖兵部先生が待っておられると聞いた。

怪訝な思いを抱きながら母屋に向かった。母屋の客間に兵部が待っていた。

「留守中に上がり込んですまないな」

兵部は気さくな調子で語りかけた。

「どうなさいました」

峰次郎は、道着ではない普段着の兵部に怪訝な表情を向ける。

「いや、ひょっとして、布袋屋殿にくノ一狐が盗みに入ったのではないかと思ったのだ」

「……よくご存じで…入りましたよ」

峰次郎はけろりと答えてから、「油揚げ一枚盗まれただけです」と付け加えた。

「やはり、そうか」

一昨晩のお久美の様子が思い浮かぶ。布袋屋の近くをうろついていた。

「どのような様子であった」

「あたしは義太夫を語っていました。あたしの義太夫が気に入ったようで、義太夫に合わせて踊っていましたよ」

心底から峰次郎はそう思っているようだが、兵部には信じられない。ほんの少し聞いただけで気分が悪くなったのだ。くノ一狐とて、義太夫の節に合わせて踊るどころか、苦痛を感じたはずだ。

そのことはおくびにも出さず、問いを重ねた。

「他に気づいたことはないか」

眉根を寄せ、峰次郎は記憶を手繰った後、

「黒板塀から突然消えてしまったのです」

と、庭を見た。

「消えた……忍術でも使ったのか。それとも、狐だけに化かしたのか」

真顔で兵部が訊くと、

「さて、突然姿が見えなくなったのです」

首を傾げながら峰次郎は答えた。その時、

——これはひょっとして——

兵部はお久美こそがくノ一狐ではないのかという疑いを抱いた。お久美は足を怪我していた。怪我の原因は黒板塀から落下したからではないか。

布袋屋を辞去した足で兵部は再びお久美の船宿渦潮に向かっていた。既に日が暮れている。船宿の二階からは行灯の灯りが洩れていた。

兵部は門口に立った。塀に身を寄せ、じっと耳を傾ける。ぼそぼそとした声が聞こえてくるものの会話の内容まではわからない。

兵部の耳には届いていない。

お久美は権太とやり取りをしていた。

「あの、馬鹿でかい浪人さん、くノ一狐のこと、なんか言っていたの」

話しているのは権太だ。

「特別気にしていないようだったわよ」

お久美は答えた。

そんならいいけど、と権太は警戒心を解いて、

「まだ、足は痛むのかい」

と、お久美を労《いた》わった。

「大丈夫さ。今日もやれるよ」

「無茶はいけないよ」

権太は優しくいたわった。その言葉に誘われるように、

「できる。大丈夫さ」

お久美は言った。

「じゃあ、せめて近場でやろうよ」

「布袋屋に行くよ」

「盗みに入ったばかりじゃないか。落っこちて痛い目に遭ったんじゃないか」

権太は反対したが、

「やり直したいんだ」

「落っこちたからかい」

「それもあるけどさ、布袋屋の旦那、あたしを見ても下手糞《へたくそ》な義太夫を止めようとしなかったんだ」

すねたようにお久美は唇を噛み締めた。

「布袋屋峰次郎は無類の義太夫好きって評判だよ。きっと義太夫に夢中だったんだよ。今日だって、大川に舟を浮かべていい気分で語っていたよ」

権太はおかしそうに笑った。

「おめでたい旦那だね」

お久美もくすりと笑う。

「だから、今晩だって義太夫に夢中でせっかくのおまえの盗みを見てなんかくれないよ」

「それが悔しいの」

お久美は眉間《みけん》に皺を刻んだ。皺の深さがお久美の悔しさを物語っている。

「相手にすることないよ」

「そんなわけにはいかない」

お久美は意地になっていた。

「おまえも意地っ張りだね」

「当たり前だ。無視されて引っ込んでいられるもんか」

「そう言うけど、捕まったらどうするんだよ」

「町方はまともには追いかけていないよ。なにせ、油揚げ一枚しか盗んじゃいないんだから」

「舐めていると痛い目を見るよ」

「舐めてなんかいないよ。一度入った商家に二度も入るなんて町方は思やしないさ。そんなこと、これまでになかったんだからね」

「それはそうかもしれないけれど」

「兄ちゃんが反対したって、あたしゃやるよ。これは意地の問題。あたしの、つまり、くノ一狐の意地さ」

「ずいぶんと拘るね。その意地、身を滅ぼすことにならなければいいけどね」

権太はため息混じりに言った。

「絶対大丈夫だって！」

お久美は自分の言葉に酔うかのようだ。

「おまえの身を案じているんだよ」

「まあ、任しておくれな」

お久美は言うと二階に上がって行った。

兵部は門口の前の天水桶《てんすいおけ》の陰に潜み、見張り続けていた。お久美と権太の間で交わされた会話など知る由《よし》もないが、妙な胸騒ぎからその場を立ち去る気にはなれず、じっと待ち構えていたのである。

すると、その甲斐あってか門口からお久美が現れた。月明かりを受けたその表情は心なしか緊張の色が浮かんでいる。

兵部はお久美の後を追った。

お久美は周囲を憚るように見回すと前屈みになって小走りに進む。時折、立ち止まって右足を庇《かば》っている。

こんなにも急いで何処へ行くつもりだろう。兵部はひたすら後を追った。お久美は夜陰《やいん》に紛れ新川町に至った。

──まさか、布袋屋か──

兵部が唖然《あぜん》とすると、お久美は柳の木陰に入った。木の陰になっているが、お久美が帯を解くのがわかる。お久美は帯を解き、着ていた小袖を脱ぎ、裏返しにした。地味な弁慶縞の小袖から黒ずくめの忍者装束になった。更に、同色の頭巾を被る。

そして、懐から狐の面を取り出すとそれを顔につけた。

「くノ一狐」

兵部の口からそんな言葉が洩れた。

くノ一狐ことお久美は布袋屋の裏木戸に立った。今晩は義太夫の声が聞こえない。裏木戸からじっと、布袋屋を覗いている。

母屋の廊下に足音がした。峰次郎が歩いて来る。と、同時にお久美は木戸から中に入った。そして、稲荷の祠へと向かう。油揚げを盗むと峰次郎に向いた。

ここに至って峰次郎はお久美に気がついた。呆けた顔をしていたが、

「くノ一狐さんかい」

と、愉快そうに声をかける。

お久美は返事をせず、鳥居に書付を貼り、両手を揃えてぴょんぴょんと跳ね黒板塀にひらりと飛び移った。

「今晩も来てくれたのかい」

峰次郎はあくまで愉快げだ。

お久美は板塀の上で身をくねらせた。

「油揚げだけでいいのかい。ご祝儀でも上げようか」

峰次郎は本気とも冗談ともつかない物言いをした。お久美はそれに答えることもなく身を宙に舞わせた。その瞬間、

「御用だ！」

兵部は甲走《かんばし》った声を浴びせた。

これにはお久美も身体をびくんとさせ、前回同様に身体の均衡を崩した。必死で落ちまいと両足をふんばったが痛めた足に力が入らないようで右足から着地をした。

「ああ」

激痛が走ったようで、お久美は右足をさすった。

「くノ一狐、観念するのだ」

兵部が傍らに立った。

お久美は兵部を見上げ、肩を落としたと思うと狐の面を外し、覆面を取った。

一瞬、兵部は言い淀んだが、予想が当たり、

「お久美、観念するのだ」

優しく声をかけた。

「剣術の先生に捕まってしまうとはね」

観念してお久美は苦笑いをした。

「さあ、負ぶされ」

兵部は背中を向けた。

「あたしゃ、盗人ですよ」

「その足では歩くことできないだろう」

「お優しいんですね」

「番屋に連れて行くだけだ」

兵部はお久美を負ぶって歩き出した。峰次郎が表に出て来た。

「先生、その女は？」

驚きの顔で声をかけてきた。

「くノ一狐ですよ」

峰次郎はお久美の顔を見ていたが、

「あれ……おまえさん……船宿の」

「女将ですよ」

開き直ったのかお久美は顔を上げて答えた。

「じゃあ、船頭は……」

お久美に代わって兵部が答えた。

「仲間だ。これから、お久美を番屋に届け船宿に行くつもりだ」

兵部の話を聞き、峰次郎はがっかりしたようだ。それが、義太夫の稽古ができないことだとは訊かず兵部はお久美を負ぶって新川町の自身番に向かった。

「どうして、油揚げなんか盗むのだ」

兵部は問いかけたが、

「番屋で話しますよ」

素《そ》っ気《け》なくお久美は返し、夜空を見上げた。恨めしい程の星空が広がっていた。

自身番に着き、腰高障子を開けた。

「足を怪我しておるから逃げられないだろうが、見張っておけ。それから、医者を呼んでやれ」

呆然とする町役人に、

「くノ一狐だ」

と、告げると町役人は色めきたった。

「まあ、騒ぐな。これから、もう一人捕縛してくる」

兵部は小上がりにお久美を下ろし、自身番を出ると闇の中を走り出した。

船宿渦潮に着いた。

二階から行灯が洩れている。玄関に入り、雪駄《せった》履きのまま階段を上った。二階の襖を開ける。

権太が窓から身を乗り出していた。

「観念しろ！」

兵部は雪駄履きのまま突入した。が、権太の動きは素早く屋根に降りると、そのまま身軽な動作で桟橋へと飛び降りた。

兵部も窓から外に出て、桟橋に降り立つ。

すると、武芸者の本能が凄まじい殺気を感じた。すかさず、桟橋に身を伏せる。

果たして、頭上を短刀が飛んでいった。次いで、兵部の間近に短刀が突き立った。

「殺さなくていいよ」

闇の中で権太の声が聞こえた。顔を上げると権太は小舟に乗り込んでゆく。夜目に慣れた目に小舟には二人の男が乗っていた。

立ち上がり兵部は猪牙舟に近づこうとした。

二人の男が短刀を投げてきた。

すかさず兵部は抜刀し、二つの短刀を叩き落とした。その間に権太は身の丈《たけ》より長い棹を巧みに操り、大川へと漕ぎ出していた。

こうなっては追いかけようがない。

兵部は歯嚙みをしながらうっすらと浮かぶ権太の背中を睨み続けた。短刀を投げてきた二人は小舟の舳先《へさき》近くに座っている。森閑《しんかん》とした闇の中に権太の船歌が聞こえた。

「ふん、馬鹿にしおって」

あの男たちは何者だ。

くノ一狐の身内ということか。であれば、お久美はあの男、権太の指図によって油揚げを盗んでいるということか。


地蔵の権太は大川に出ると棹から艪に替え舟を向島に向けた。

「平吉さん、寛吉さん、ありがとね」

権太が礼を言っても二人は無言だ。

「座長や丹兵衛親分、痺《しび》れを切らしているんだろう。で、あんた達に様子を見に行けって……」

　この問いかけにも二人は答えない。

「お蔭で助かったからいいけどさ」

　それだけ言うと、権太も黙って艪を漕ぎ続けた。

　向島の河岸に着くと、権太は桟橋に小舟を舫《もや》った。平吉と寛吉は権太を待たずにさっさと歩いて行く。

　権太も一目散に霞天神に駆け込んで行った。

　既に藤村菊之丞一座の興行は終わっていた。

　小屋の裏口に回り、楽屋に入ると、

「なんだい、舞台に穴を空けるんじゃないよ」

　菊之丞が叱責を加えた。

　鏡台に向かって化粧を落としている。周囲には役者や芸人たちが酒を飲んだり、賽《さい》子博打《ころばくち》に興じていた。

「へへへ、いいことがあったんだよ」

　微塵の反省もなく権太は返した。

菊之丞はにんまりとし、顎をしゃくった。外に出ろということだ。権太は裏口から外に出た。

星空を見上げているうちに菊之丞が出て来た。

「見つかったのかい」

いきなり菊之丞は本題に入った。

「多分ね……間違いないと思うよ」

と、前置きをしてから権太は、

「新川町の布袋屋っていう呉服屋だよ」

と、言った。

「へ～そうかい。よく突き止めてくれたね……ほんで、どうして布袋屋とわかったのや。先だって、傘を辿るって言ってたやないか……それと稲荷の佐吉だけに稲荷が関係すると」

菊之丞は首を捻った。

「稲荷の佐吉さんが言い残したんだよ。鈿女屋で傘を作らせている商家に財宝を隠したって……」

権太が答えると、

「佐吉から聞いたことがあるな。江戸で一番の傘屋だと申しておった。佐吉は江戸に馴染みはなかった。何かを拠り所にしたかったのだろう。鈿女屋の傘を気に入り、鈿女屋に傘を注文している先にお宝を隠した、ということか。確かに傘を注文するのは商家だな」

江戸の話になったせいか菊之丞は武家言葉になって想像を巡らせた。

権太は、「当たり！」と大きな声を上げてから、

「佐吉さんは稲荷寿司が好物だっただろう。稲荷寿司ばかりかお稲荷さんにもよく参拝していたよ」

「そうだったな。稲荷の佐吉の二つ名がつけられた程だ。で、稲荷がどうかしたのか」

「布袋屋の稲荷に隠しているんだよ」

「布袋屋の稲荷は、財宝を隠せる程大きいのかい」

菊之丞は目を凝らした。

大きく首を左右に振って、

「布袋屋の稲荷にはね、お宝の隠し場所を記した絵図面が隠してあるんだよ」

「そういうことか」

得心したと菊之丞は答えたものの、

「間違いないだろうね」

と、念押しをした。

「間違いないさ。お久美は念を入れて二度も忍び込んでいるんだもの」

胸を張り、権太は返した。

「お久美か……おまえが仕込んだだけあって、軽業《かるわざ》の名手だものな。江戸の興行でも舞台に上げたかったが、お宝探しをやらせてよかったよ」

満足そうに菊之丞はうなずいた。

すると、権太はため息を吐き、

「お久美、捕まってしまったよ」

「町方にかい」

「大柄な浪人者だよ。お節介な男なんだ。剣術の道場主だってさ。ほんとにどうしよう」

権太は頭を抱えた。

菊之丞は権太の肩を叩き、

「大丈夫だ。くノ一狐は油揚げしか盗んでいないんだからな。大した罪には問われないよ。せいぜい江戸を所払いだ。その方がいいだろう。菊之丞一座に加わって旅をすればいいさ」

菊之丞に励まされ、

「そうだといいんだけどさ」

自分を納得させるように権太は菊之丞の言葉を受け入れた。

それからふと思い出したように、

「亜相の丹兵衛一味がさ、最初に押込みをやった大津宿の近江屋も呉服屋だったね」

と、菊之丞に語りかけた。

「ああ、そうだった。都のお公家さんにも出入りしている老舗だった。丹兵衛は手荒なことをやったんだ」

菊之丞が返すと、

「手荒なんてもんじゃないよ。主人一家も奉公人も皆殺し、家は焼き払ったんだから。ほんと、鬼のような所業だ」

権太の口調は心なしか怒気が含まれていた。

「鬼のような押込みをやったから、悪名が轟き、その後の盗みがやりやすくなったんだ」

あいつは頭が良い、と菊之丞は賞賛した。

「頭が良いというか、ずる賢いんだよ。飛鳥小路家の家司に子分を潜り込ませ、家紋入りの道具や会符《えふ》を手に入れて東海道を大手を振って行き交っていたんだものな。しかもさ、公儀の目を眩《くら》ませるために、盗品を運ぶのに飛鳥小路家の荷とは別に菊之丞一座の荷に紛れさせていたんだものね……座長は丹兵衛と仲がいいね」

権太は不思議そうに首を捻った。

「同じ青侍の出だからね。もっとも、あたしは落とし胤で、物心ついた頃には役者の道を進んだ。役者の血筋じゃないから、ろくな役が貰えずに腐っていた頃、丹兵衛は贔屓にしてくれたよ。そりゃ、随分と励みになったさ。あいつは、腕っぷしは強いし、剣術は大したものだった。あたしも、剣術を習ったものさ」

菊之丞は遠くを見るような目をした。

「じゃあ、丹兵衛親分が飛鳥小路家を離れて盗賊をやるようになって、仲間に加わらなかったの」

「あたしは、一流の役者、銭、金を稼げる役者になるつもりだったからね。あたしにろくな役しかくれなかった名題《なだい》役者を見返してやろうと思った。真に迫る芝居をやって客の心を鷲摑《わしづか》みにしてやるって誓ったのさ」

「それで、『曽根崎心中』で客を心中に駆り立てているんだね」

「そうさ。御上から上演禁止の、『曽根崎心中』だ。都の南座《みなみざ》や江戸三座じゃ、御上を憚って掛ける度胸もない芝居でわたしは客を沸かせるんだよ」

語るうちに菊之丞の目には狂気が宿った。

「それにしても、鬼のような丹兵衛が神主とは笑っちゃうね。神主を殺して神主に成りすますなんて、ほんと、地獄に堕ちるよ……いや、とっくに地獄行きのことをやっているね。大津からさ。座長も丹兵衛を助けていると、地獄行きだよ」

おかしそうに権太は腹を揺すって笑った。

「あたしは、丹兵衛と心中する気はないさ」

乾いた口調で菊之丞は言った。

肩をそびやかし権太は闇の中に消えた。

そこへ、霞天神の宮司、竹田兼見、いや、亜相の丹兵衛がやって来た。

「お宝の所在わかったで。隠し場所を記した絵図面の行方やけどな」

菊之丞は布袋屋の稲荷に絵図面が隠されていると話した。

「よし、早速、忍び込むか。いや、その前に裏を取る」

丹兵衛は慎重な姿勢を示した。

「権太を信用しないのか」

菊之丞が訝しむと、

「信用しないわけじゃない。念のためということだ。火盗改の頭が不在とはいえ、事は慎重に運ばねばな」

丹兵衛は表情を引き締めた。

「さすがは、亜相の丹兵衛やなあ」

菊之丞が言ったところで座員が呼びに来た。座員は何事か菊之丞に耳打ちをした。

「また、心中指南か」

丹兵衛が肩をそびやかすと、

「今夜は十人やそうや」

菊之丞はうれしそうに舌舐めずりをした。

「それで、いくら取るのだ」

丹兵衛の問いかけに、

「さてな。気持ちだけくれればいい、と言ってある。大店の倅やったら五十両、貧乏人やったら一両もないわ。ほんでも、銭金の問題やない。人助けや」

得意そうに菊之丞は語った。

「心中に導くのが人助けか」

おかしそうに丹兵衛は笑った。

「本人たちにとっては、あの世で結ばれるのが幸せなんや。立派な人助けやがな」

悪びれず、菊之丞は言《げん》を曲げなかった。

二

明くる日の昼、兵部は南茅場町《みなみかやばちょう》の大番屋を覗いた。

そこにお久美は移されている。大番屋は仮牢が設けられ、本格的な取調べを行うことができる。取調べの結果、容疑が固まると小伝馬町《こでんまちょう》の牢屋敷に移され、奉行所の白洲《しらす》に引き出されて沙汰が申し渡される、という流れだ。

兵部は捕縛した手柄から取調べに立ち会わせてもらった。

取調べに当たったのは北町奉行所の定町廻り同心、横山与三郎である。

横山は丁寧に礼を述べ立ててから兵部が来栖左膳の息子と知り、驚きの表情を浮かべ、

「お父上には平野屋久右衛門と手代幸太郎、並びに天満屋のお梅殺しの一件落着《らくちゃく》に

助勢を頂きました。今回はくノ一狐を捕縛してくださり、おんぶにだっことはこのことでござる」

ひたすら恐縮して横山は米搗《こめつ》き飛蝗《ばった》のように何度も頭を下げた。

「その辺にしてくれ。それより、お久美……くノ一狐の取調べ、おれも立ち会わせてもらう。何故、油揚げを盗んだのか気になるからな。もちろん、取調べには口出しはしない」

兵部の立ち会いを受け入れ、横山は小者にお久美を連れて来るよう命じた。兵部は小上がりになった板敷きに座った。真ん中には近藤が座る。

すぐに縄を後ろ手に掛けられたお久美が引き出されて来た。粗末な木綿の着物に着替えさせられ、右の足には晒しが巻かれていた。お久美は満足に歩くこともできない有様で小者に抱えられながら土間に敷かれた筵に座らされた。

兵部が怪我を配慮して、足を崩させるよう横山の了承を得た。

「舌の根も乾かないうちに口を挟んだな。これきり、口出しせぬから安心しろ」

兵部は言った。

「縄を解いてやれ、それと膝を崩すがよい」

横山は小者に命じ、お久美に言った。

お久美は縄を解かれ膝を崩して座った。その表情はどこか冷めたもので、己の今後を覚悟しているかのようだ。

「足の怪我はどうじゃ」

横山はまず問うた。お久美というより兵部を気遣っているようだ。

「骨は折れていませんでした」

「それは良かった」

思わず兵部が答えると、

「ほんと、先生はお優しいですね」

お久美は兵部に一礼した。

「地蔵の権太との関係を申してみよ」

「兄ちゃんとは、五年程前に知り合ったんだ。八王子《はちおうじ》の祭礼の晩だ」

お久美はからっとした口調である。

「詳しく話せ」

「八王子の祭礼でわたしは踊っていたんだ。ところが、その踊りにけちをつける連中がいて、それで争いになったんだ」

お久美はそこに通りかかった権太によって救われたという。

「出会いはわかった。そなた、権太の頼みで商家に忍び入り、油揚げを盗んでいるんだな」

横山が確かめると、

「そういうこと」

お久美は楽しそうに笑った。

「何故そのようなことをしておる」

「だから、権太兄ちゃんに頼まれたんだって言っただろ」

「そうではない、権太は何故そなたに油揚げなどを盗ませたのだ」

「そんなこと知らないよ」

お久美は頭を振る。

「おまえ、理由も知らずに盗みを働いておったのか」

「そうだよ」

「馬鹿な」

信じられないというように横山は渋面を作った。

「だって、本当のことだ。気持ちよかったよ。みんな、呆気に取られたような顔をしてさ。その顔を見てると、楽しくて楽しくて、それは面白かったのですよ」

お久美は夢見心地となった。

「すると、権太の狙いはわからずに油揚げを盗んでおったのだな」

横山は念押しをした。

「そうですよ」

お久美はあっけらかんとしたものだ。

「ならば聞くが、そなた、上野池之端の料理屋大和屋の油揚げを盗んだな」

「はい」

「その時、黒門町の醬油問屋平野屋の久右衛門がお前を追いかけたであろう」

「そうなんだよ。迷惑だったね」

お久美は顔をしかめた。

「その時、おまえは久右衛門に何か話さなかったか」

「言ってやったよ。あんたの女房は手代を連れ込んでいるって」

「やはりな。で、久右衛門はそれを聞いてどうした」

「そんなことは知らないよ。ただ、凄く悔しがっていたさ。あの様子じゃ、すぐに平野屋に飛んで帰っただろうさ」

お久美はけたけたと笑った。

これで、久右衛門殺しの気になっていたことは氷解《ひょうかい》した。だが、問題はこれからだ。


「地蔵の権太、何処へ行ったのであろうな」

「知らないよ」

「ここまで来たのだ。正直に申せ。返答によっては御上にも慈悲はある」

「目こぼしをくださるんですか。それはありがたいんですけどね、本当に兄ちゃんの行方なんて訊かれても見当がつきませんよ」

お久美が言うと、

「惚けるな」

横山は大きな声を出した。しかし、お久美は、

「ほんとうに知りませんよ」

と、無理に身体を捻ったため、足の怪我が痛んだのだろう。苦渋に満ちた表情になった。

三

お久美からは結局、それ以上のことは聞き出せず、沙汰が下りるまで茅場町の大番屋の仮牢に留め置かれることになった。

兵部は横山に、

「お久美、どうなるのだ」

「油揚げを盗んだだけでは大した罪にはならないでしょうね。ただ、これだけ世間を騒がせたんです。その点を御奉行がどう判断されるかですね」

「しかも、権太の操《あやつ》り人形だったのだしな」

兵部はお久美を案じた。

「それを考えてみれば哀れな女ですよ」

横山もお久美に同情した。

「それにしても、権太の狙いがわからない」

首を捻りながら兵部は大番屋を出た。

とにかく権太を探すことだ。ただ、やみくもに探し回るのは芸がない。

ならば……。

格好の男がいた。

権太と接触をした布袋屋の峰次郎である。

新川町の布袋屋の店先に立つ。

曇天《どんてん》の下にもかかわらず、呉服屋の店先とあって華やいだ空気が流れている。艶やかな小袖や半襟に見入る娘や、反物《たんもの》を手にした手代とやり取りをする商家の女房らしき者たちの賑やかな声を耳にすると、平穏な冬の昼下がりを感じる。軒《のき》で鳴く寒雀《かんすずめ》も心を和ませてくれた。

暖簾を潜ると、一番奥の帳場机に峰次郎が座っていた。頭の中は義太夫で一杯なのか、帳面には目もくれず虚空を見上げている。

兵部と目が合うと峰次郎はぺこりと頭を下げて、上がるように伝えてきた。兵部は店に上がり、隅に設けられた客用の座布団に座った。

「義太夫の会、順調か」

社交辞令のつもりで問いかけたのだが、峰次郎は満面の笑みを浮かべ、

「おいでくださるみなさまに楽しんで頂けるよう稽古を怠ってはおりませぬ。先生、その分、剣術の稽古は休ませて頂きますが、平《ひら》にご容赦ください」

恭しく峰次郎は頭を下げた。

「うむ、心行くまでやったらいいさ」

鷹揚《おうよう》に兵部が受け入れると、

「先生もおいでくださいますな」

期待の籠った目で峰次郎は問いかけてきた。

さすがに正面切って嫌とは言えず、

「そうだな。できるだけ都合をつける」

曖昧な言葉で応じた。

お待ちしています、と峰次郎は再びお辞儀をした。

「ところで、権太の舟に乗っていたな」

と、兵部は本題に入った。

峰次郎は大きくうなずいてから、

「権太の舟、と知って乗ったわけじゃないですよ。鉄砲洲の船宿の舟に乗った。その舟を操っていたのが権太だったということです」

兵部は言葉足らずだと謝ってから、

「舟でどんな話をしたのだ」

「取り立てて話はしませんでしたよ。義太夫の稽古をしていたんです」

「舟の上で稽古したのか」

兵部が訝しむと、

「気持ち良かったよ」

峰次郎はその時のことを思い浮かべたのだろう。うれしそうに頬を綻《ほころ》ばせた。まったく、暢気《のんき》なものだと内心で毒づいてから、

「権太は何か話しかけてこなかったのか」

「あれこれ話しかけてきましたね。でも、あたしは義太夫に夢中で生返事《なま》しかしなかったですよ」

「鬱陶《うっとう》しかったのだな」

「それが妙なことに不愉快な気はしなかったのですよ。ですがね、ああいう手合いは、えてして言葉に真心がないんですよ。上っ面なんです」

「耳に心地よいだけか」

なんとなくわかるような気がした。

「茶飲み話の相手にならら好都合ですがね。権太のような男を相手の商いとなると、危なっかしくて仕方がありません。舟の上でもあれこれ話をしてきたが、川風と一緒に聞き流しましたよ。だから、これといって耳に残っていないんです」

「わかるな。権太のことも気にかかるが、くノ一狐こと船宿渦潮の女将、お久美だ。くノ一狐に二度も盗みに入られたというのはどういうわけだろうな」

兵部の疑問は峰次郎にも謎であったようで、

「おまけに、油揚げ二枚盗まれただけで、大きな被害がないのです。何しに盗みに入ったんだって、お久美に訊きたいですよ。そうそう、お久美はどうなるんですか。御上のお沙汰に注文をつけるわけじゃありませんがね、そんなに重い罪にはならないことを願いたいですよ」

「重い罪にはならないだろう。世間を騒がせたことは間違いないが、盗んだのが油揚げ一枚、いや、布袋屋からは二枚とあっては……北の御奉行が沙汰を下すが、せいぜい江戸所払いといったところじゃないか」

兵部の見通しを受け、

「そうだといいのですがね」

峰次郎はほっとしたようにため息を吐いた。

結局、地蔵の権太やくノ一狐について大した収穫はなかったし、これ以上留まっていては義太夫についてあれこれ話をされそうだ。ここは退散するに限る。

「では、これにて」

兵部は腰を上げた。


とにかく、権太の行方を探さねばならない。

自分がそこまでする必要はないのだが、という思いもあるが、くノ一狐捕縛は権太も捕まえて成就するのだ、という意地もあった。

今、町奉行所や火盗改が手分けして江戸市中を探索している。あれだけ、特徴のある男なのだ。逃げおおせられるものではないだろう。

そんなことを思いながら探索に向かう。

念のため鉄砲洲の船宿渦潮を訪れた。ひょっとして峰次郎が義太夫の稽古に来ているのかと思ったが、幸いにもそれはなかった。

お久美が不在とあって閉店中かと思ったが、玄関右脇の部屋に老夫婦がいた。兵部が入って行くとおどおどとした様子でこちらを見た。

「来栖と申す」

老夫婦は両手を合わせ、

「申し訳ございません」

と、兵部を拝んだ。

「そんなに怖がらんでくれ」

こんな年寄りを脅かしたようで気が引けた。老人は為蔵《ためぞう》と名乗ったが、妻は関わりを恐れてかそそくさと部屋から出て行った。渦潮の持ち主だそうだ。

「もう、何度も町方のお役人さまにお答えしたんです」

為蔵は兵部の穏やかな顔を見て安心したようだ。

「それはすまなかったな。今度はわたしに話をしてくれないか」

兵部は優しく語り掛ける。

「へえ」

為蔵は兵部の巨軀《きょく》に似合わない柔らかな物腰に安堵の表情を浮かべ、ぽつりぽつりと語り出した。

「あれは、大川の川開きの日でございました」

五月二十八日、大川が川開きをしたその日、地蔵の権太は客としてやって来たのだという。

「わしはもう六十に手が届きます。そろそろ潮時と思ってました。船頭も辞めていくし、婆さんと二人じゃ船宿もままならねえんで。それに、近頃は腰が痛くてかなわなくなりましてね」

為蔵は腰をさする。

「そんなわしのやる船宿でごぜえますから、自然と客の足も遠退《とおの》いておりまして、川開きの日なんか、大川の舟遊びが賑わう日だってのに、客はさっぱりだったんですよ。そんなところへ権太がやって来たんでさあ。権太はわしの操る舟に乗りましてね。あれこれと気さくに言葉をかけてくれ、わしもついいい気分になって舟を漕いでいたんですがね、吾妻橋《あづまばし》まで行ったところで腰を痛めましてね。面目《めんぼく》ねえことにぎっくり腰になっちまったんでさあ」

為蔵は顔をしかめた。

「権太が舟を操ったのか」

兵部の言葉に為蔵は大きくうなずくと、

「その通りでさあ。わしもどうしようもなくて、権太に任せたんです。権太は巧みに艪を操りました。聞くところによりますと、何年か前に柳橋《やなぎばし》の船宿で船頭をやっていたそうで。権太に艪を任せて船宿に戻って来たんでさあ。権太は船宿に戻ると、わしに、もう隠居したらどうだ。その身体じゃ船を操ることはできねえ。客を大川に落っことしてしまうのが落ちだ、などと言いましてね。しかも、人を食ったような物言いで、最初のうちはずいぶんと不愉快な気分にもなったんですがね、話を聞いているうちになんとも親しみを覚えるようになっちまって」

為蔵の言い分は権太と接していなければ理解できないものだったが、権太と直接話してみれば得心がゆく。

「それで、船宿を任せることにしたのか」

「妹と一緒に船宿をやる。上がりの半分はとっつあんに届けると言い出したんですよ。わしは、突然に現れた妙ちきりんな小男の言い分にずいぶんと怪しいものを感じたんですが、それでもあいつの話を聞いているうちになんだか任せてもいいような気になりましてね」

兵部がうなずくと、

「信じてくださいますか」

「信じるとも」

「良かった。なんだか、わしまで地蔵の権太の一味と扱われるのかと思いましたもんで」

為蔵はほっとしたようににんまりとした。

「それで、権太は上がりの半分を納めるという約束をしてくれたのか」

「きっちり守ってくれましたよ。もっとも、一日の上がりがどれくらいあるのか知りません。ですから、その銭が上がりの半分なのかどうかはわかりませんが、そんなことまでは気にしませんでした」

為蔵は女房と近くの長屋に移り住み、隠居暮らしを楽しんでいたという。

「まったく、妙な男でしたよ」

為蔵の表情には権太に対する怒りは感じられない。それどころか、どこか懐かしむ風である。

「邪魔したな」

兵部が立ち去りかけたのを引きとめ、

「あの、地蔵の権太は捕まったらどうなるのでしょう」

「そうだな、これまでに犯した罪次第だな。洗いざらい白状した上で沙汰が下されるだろう。どうした、権太に同情しているのか」

「憎めない男でございました」

「そうは申しても罪は償わなければな」

「それはそうですけど、権太が獄門に晒されるのだけは見たくありませんや」

為蔵はしんみりとなった。

「ならば、これでな」

兵部は船宿を後にした。


為蔵の話では権太は柳橋で船頭をしていたという。その話が本当なのかどうかはわからない。

だが、やみくもに江戸市中を歩き回るよりはいい。

兵部は柳橋の船宿にやって来た。権太の人相書を手に一軒、一軒に当たった。しかし、権太を見知った者はいなかった。

あれだけの特徴を持った権太のことを覚えている者は奇妙なことに一人もいなかった。

権太が為蔵に話したのは作り話ということだろう。

兵部は大きな徒労感を抱き道場に戻った。すると、次郎右衛門が待っていた。

「兵部さま、ありがとうございます。よろしかったら、祝杯を挙げましょう」

次郎右衛門の誘いをどうしようかと迷ったが、憂《う》さ晴らしがしたくなり、

「よし、飲むか」

兵部は陽気に応じた。

四

小春で左膳は一杯やっていた。

すると、そこに兵部と次郎右衛門がやって来た。

「これは、御家老、いやあ、今夜はお祝いでございますよ。兵部さまがお手柄でございます」

上機嫌に次郎右衛門は左膳に声をかけた。

「なんの手柄だ」

左膳は兵部に問いかけた。

「大したことはないよ」

照れるように兵部は返した。

春代が、

「では、奥をお使いください」

と、左膳も一緒に飲食すると決めてかかった。

「御家老、どうぞ」

機嫌よく次郎右衛門も誘う。

次郎右衛門は未だに左膳を、「御家老」と呼ぶ。

「ならば」

左膳は応じ奥座敷に向かった。

三人が座敷に入ったところでお雪が酒とおからを持って来た。

「おや、別嬪《べっぴん》さんが入ったんだね。お名前は」

次郎右衛門は目尻を下げた。

「雪と申します」

お雪はにこやかに挨拶をする。

「名は体を表すだね。雪のように白い肌だ」

次郎右衛門は言った。

兵部はお雪を見ても素知《そし》らぬ体《てい》を装った。

「いいお酒をじゃんじゃん持って来ておくれ。それと、肴は……任せるよ。ここはなんでも美味しいからね」

次郎右衛門に言われ、お雪は笑顔で座敷を出て行った。

「なんだ、祝い事とは」

左膳は問いかけた。

「くノ一狐という盗人が出没しておりましてね」

次郎右衛門はくノ一狐についての説明と盗み行為、捕縛を兵部に依頼した経緯を語り、

「それで、お見事、兵部さまがくノ一狐を捕縛したのです。お見事でございました」

やたらと持ち上げられ、

「そなたから受け取った書付が役立ったのだ。大して骨を折らなかったぞ」

自身満々に兵部は断じた。

「それにしましても、兵部さまは実に手際よくお働きになられましたな」

次郎右衛門は兵部を称えた。

「まあ、その辺にしてくれ」

兵部は右手をひらひらと振った。

次郎右衛門はぺこりとお辞儀をして口を閉ざした。

「くノ一狐がどのような沙汰が下されるか見当もつかないが、二度と油揚げを盗むなどという真似ができないのは確かだ」

自信満々に兵部は断じた。

左膳はしばらく思案の後、

「地蔵の権太なる男の行方が気になるな。くノ一狐こと、お久美は権太に操られていたのだろう」

と、確かめた。

「そのようだ。権太には何か狙いがあるに違いない」

答えたものの、兵部も権太の狙いは見当もつかないと言い添えた。

「おまえ、何か見当はつかないのか……つくはずはないな。得体の知れない男だものな」

左膳も責めはしない。

すると、兵部は、

「くノ一狐を追っておって、妙な話を聞いたのだ」

お雪が座敷にいないのを見計らい、兵部は川崎宿での出来事を話した。

「ほう、五年前の川崎宿でも藤村菊之丞一座が『曽根崎心中』を上演し、芝居に影響されて心中をはかった男女がおり、くノ一狐も出没したということか。ふ〜ん、これはいかにも出来すぎておるな」

左膳は思案をした。

次郎右衛門が、

「何かありそうですね」

と、興味を抱いた。

すると折よく近藤銀之助が顔を出した。

「おお、よいところに来た」

左膳に迎えられ、左膳からこれまでの経緯をかいつまんで語られた。

「すると、藤村菊之丞一座とくノ一狐、関わりがあるかもしれませんね」

近藤も同意した。

ここで兵部はお雪の話を思い出した。

「そうだ。五年前の川崎宿には、亜相の丹兵衛も盗みに入ったそうだ。宿場の庄屋の家に押込み、一家、奉公人を皆殺しにして、金品を悉《ことごと》く奪ったそうだぞ」

思いもかけず兵部の口から亜相の丹兵衛の名が出て左膳はおやっとなった。そうだ、亜相の丹兵衛の行方はどうなったのであろう。

　すると近藤が、

「ちょっと待ってください。その……くノ一狐を操っていた地蔵の権太という男ですが、子供のように小柄で動きが敏捷だ、とおっしゃいましたね」

　念を押すように近藤は兵部に確かめた。

「そうだ。とんでもなくすばしこい男だったぞ。しかも、人を食ったような物言いをしおってな……それがどうかしたのか」

　兵部が問い直すと、

「その男、藤村菊之丞一座を訪ねた時に見かけました」

　舞台で神楽の稽古をしていたのだ、と近藤は話した。

「まことか」

　兵部は驚きの顔をした。

「間違いありません」

　近藤は胸を張った。

「よし、菊之丞一座に乗り込むぞ」

　兵部らしく拙速《せっそく》な態度に出た。

「おい、はやるな」

左膳は窘《たしな》めた。

「止めないでくれ、親父殿」

兵部は主張した。

「おまえは顔を知られておるではないか」

左膳に指摘され、

「一度会ったきりだ。忘れているだろう」

自分が行く、と兵部は言い張ったが、

「一目見れば、おまえを忘れるものか」

左膳が言うと、

「ごもっとも」

思わず次郎右衛門は賛同したが兵部に睨まれてぺこりと頭を下げた。

すると、お雪が、

「あの……」

と、酒の替わりを持ち、茫然《ぼうぜん》とした顔で立っていた。次郎右衛門がお雪からお盆を受け取った。

「どうかしたのか」

お雪の様子が引っかかり、左膳が問いかけた。

「あ、いえ……」

遠慮がちに口ごもるとお雪は調理場に戻ろうとした。それを、

「遠慮するな」

兵部が引き留めた。

兵部の様子に左膳はおやっとなったが、

「何か話があるのではないのか」

優しく問い直す。

意を決したようにお雪は両の目をかっと見開いて、

「すみません。みなさんのお話を立ち聞きしてしまいました」

と、深々と頭を下げた。

左膳は深い事情があるのでは、と察して、

「まあ、入れ」

と、膝を送り、お雪のために席を空けた。辞を低くしてお雪は座り、

「わたしは五年前に川崎宿で心中を図ったんです」

と、まずは身の上話を語った。

左膳はどういう言葉をかけていいのかわからず、黙って話の続きを待った。

「心中の時にも藤村菊之丞一座が興行をしていて、『曽根崎心中』を上演していました。心中相手の茂平さんは、一座の芝居に夢中になっていました。それで、わたしは駆け落ちをしようと何度も持ちかけたのですが、心中で頭の中が一杯になってしまって、聞き入れてくれなくて」

お雪は心中の様子も語った。

「それは、罪作りですね」

次郎右衛門は菊之丞一座をなじった。

お雪はうなずき、

「その頃、みなさんが話題にしていらした油揚げを盗む盗人も出没していたんです」

と、言った。

「これは……」

近藤が目を剝いた。

兵部が、

「菊之丞一座とくノ一狐、繋がりがあるな」

と、断じた。

「そなたも一座の芝居を見たことがあるのだな」

左膳が問いかけると、

「一度です。正直申しまして、あたしは胸が詰まってしまって、最後まで見るのが辛かったのです。茂平さんは夢中になってしまいましたが」

お雪は言った。

「その時、芝居以外の出し物も観たのか」

左膳は問いを続けた。

「見ました。神楽とか水芸とか……」

お雪は訝しんだ。

「芸人の中に小柄で地蔵のような男はいなかったか」

左膳が問うと、

「いました。とても、評判でしたよ。『曽根崎心中』のお芝居がとても悲しいだけに、権太という芸人さんの神楽はとても愉快で、あたしはどちらかと言うと、こちらの方が楽しかったのです」

お雪は言った。

近藤が、

「地蔵の権太は菊之丞の指図で盗みを働いているのかもしれませんよ。菊之丞一座は江戸三座とは違って暮れ六つに幕が上がります。それまで、船宿で船頭をしていてもおかしくはありません」

「そうに違いない」

兵部は真っ先に賛同した。

「よし、一座に乗り込みます」

近藤が言った。

兵部が我慢できないように、

「菊之丞一座の狙いは新川町の布袋屋ではないのか」

と、言い出した。

「どうして、そう思われるのですか」

近藤が問いかけると、

「これまで、くノ一狐は一軒の商家に対して、一度盗みに入るだけだった。ところが、布袋屋に限っては二度盗みに入っている。きっと、奴らが狙っている上方の大名家のお宝が眠っている。そう、見て間違いあるまい」

兵部らしい決めつけをした。

「それは、早計じゃないでしょうか」

近藤が異議を挟んだ。

兵部が反発しそうになると、

「ならば、おまえは布袋屋に話を聞けばよかろう」

左膳が言った。

「わかった。よし、なら、善は急げだ」

兵部は腰を上げた。


兵部はその足で布袋屋の居間で峰次郎と面談した。

「夜分、すまぬな」

兵部は一応の挨拶をしてから、

「庭の稲荷に何か秘宝でもあるのか」

兵部らしく単刀直入に問い質《ただ》した。

峰次郎はのほほんとした顔で、

「夢でもご覧になったのですか」

「いいや、おれは大真面目だ」

兵部は目をしばたたいた。

「何処でそんなことを耳になさったのか知りませんが、うちにそんなものあるわけないですよ」

峰次郎は呆れたように失笑を漏らした。

「そうは申すが、くノ一狐に盗みに入られたじゃないか。しかも、二度も」

兵部は声を大きくした。

「そうですけどね」

盗みに入られたことは認めたものの、納得のいかない顔つきで、

「くノ一狐は稲荷に隠された財宝を狙っているのですか」

「そうだ」

何度も同じことを言わせるなというように兵部は渋面となった。

「だから、そんな物ありはしないんだから押し入ったって仕方ないんですがね」

峰次郎もうんざり顔である。

「あたしゃ、ご祝儀でも上げようと思ったんですよ。あまりに艶やかな様子だったんでね」

「そのくノ一狐が油揚げを盗んでいたのは稲荷を探っていたんだって」

兵部は言った。

すると峰次郎はおやっとなった。

「そんなことないですよ。そんな素振りはなかったよ。そう……くノ一狐は板塀の上を歩いて踊って、祠に供えた油揚げを持って行っただけでしたよ」

これまでになく峰次郎は強い口調で言い立てた。

「ずっと見ていたのか」

おやっとなって兵部は確認した。

「義太夫を語りながら見ていたというよりは、目に映っていたということですよ。何度も言いますがね、あの稲荷に財宝なんて隠されていないです。それははっきりしています」

自信を深めたように峰次郎は言い立てた。

「そなた、義太夫に集中して、見ていながら見ていなかったのではないのか」

兵部は疑問を呈した。

「そんなことはありません。むしろ、あたしは、くノ一狐が踊るのを見て、益々、興に乗ったのです。そうなりますと、あたしも益々、義太夫を語るのに力が入りましてね。それで、もう、しゃきっとなって、あたしも気合いを入れていたんです」

勢いづいた峰次郎に兵部は、わかった、と引き下がりながらも、

「すまんが、祠に案内してくれ」

「先生も疑り深いですね。いいですよ」

やれやれと、峰次郎は腰を上げた。


峰次郎と共に稲荷にやって来た。

と言っても屋敷の中に構えられた稲荷とあって、鳥居と祠があるだけである。

「伊勢屋《いせや》、稲荷に犬の糞……」

峰次郎は義太夫のように節をつけて語った。江戸でありふれているものの取り合わせである。実際、江戸のそこかしこに稲荷は設けられ、「伊勢屋」という屋号の付いた商家が軒を連ね、往来には犬の糞が転がっている。

兵部は鳥居を潜ると、祠に向かって柏手を打って参拝をした。峰次郎も参拝をする。

「では、祠の中でも調べますか」

峰次郎が言い、祠の中を覗いた。

三方《さんぽう》に油揚げが載せられ、他に御神酒《おみき》の入った瓶子《へいじ》、狐の今戸焼《いまどやき》が並べられている。

何処にでも見かける祠であった。財宝を隠せるような隙間などない。

「祠の下……」

思い付きを兵部は口に出した。

祠の地下に財宝が眠っているのではないのか。

峰次郎はうんざりとして、

「祠の下に何もありませんよ。なんでしたら、掘り起こしますか」

と、言った。

さすがに、そこまではする気になれない。

「いや、よい。それより、何故、くノ一狐は二度もここに盗み入ったのだろうな」

そこにどうしても拘る。

すると、峰次郎は心持ち得意そうな顔つきとなり、

「自分で言うのもおこがましいですが、あたしの義太夫を聞きたくなったのじゃありませんかね」

「そなたの義太夫な……」

そんなはずはなかろう、と思いながら問い直した。

「何しろ、あたしの語りに合わせて身体をぴょんぴょんと飛び跳ねていましたからね。最後には塀の向こうに跳んでゆきましたよ」

峰次郎は黒板塀を見上げた。

板塀の上で踊るなど、軽業である。なるほど、神楽の芸人ならではだ。

あの晩、くノ一狐ことお久美と会った時、お久美は足を痛めていた。大した怪我ではなかったが、少なくとも黒板塀の上で踊ることはできなかった。おそらくは、黒板塀から落下したのだろう。

くノ一狐程の技の持ち主が落ちたのが気にかかる。

それよりもくノ一狐が二度もここに盗み入った理由だ。鈿女屋次郎右衛門から渡された書付には他にも鈿女屋で傘を作った商家がある。そこへは入っていないのである。

「稲荷に財宝が隠されていなかったとしても、この家にはたくさんのお金があるだろう」

どうしても納得できず、兵部は問いかけた。

「そりゃ、先祖代々、商いをさせてもらっていますからね、多少の蓄えはありますよ」

「くノ一狐を手先に使った盗賊一味がおるのだ。盗賊一味が押し入るかもしれぬ」

兵部の言葉に目を剝き、

「そんな、脅かさないでくださいよ」

峰次郎が言ったところで、稲荷の祠が音を立てた。兵部も峰次郎もぎょっとなって屋根を見上げると、祠の屋根の上に小石が落下した。

するとし、祠の屋根が音を立てた。

次いで、屋根から小石が落ちた。

兵部も峰次郎もぎょっとしたが、

「性質の悪い悪戯ですよ。石を投げるなんて」

文句を言いながら峰次郎は小石を蹴飛ばそうとしたが、

「待て、紙に包まれているぞ……投げ文ではないのか」

兵部は腰を屈め、小石を拾い上げた。

案の定、小石を包んだ投げ文である。兵部から峰次郎が小石を受け取り、文を広げた。月明りを頼りに峰次郎は音読《おんどく》した。

「十八日、夜九つ、お宝を頂戴する。亜相の丹兵衛……」

読み上げてから峰次郎は、

「本当に、悪質な悪戯ですよ」

と、投げ文を破こうとした。それを兵部は止めて、貰い受けた。

「十八日というと義太夫の会じゃないか。よりによって、そんな大事な日にけちをつけるなんて」

峰次郎は悪戯だと決めつけている。

「念のため、おれが詰めよう」

兵部は申し出た。

「まあ、万が一ということがありますし、そうしてくださるのはありがたいですが……なんだか、申し訳ないですよ。それに、先生、義太夫の会に出席してくださるのではないですか」

心なしか責めるような口調で峰次郎は言った。

「それ、取りやめにできぬか」

駄目を承知で頼んだ。

一瞬にして峰次郎は顔を引き攣らせ、

「そんなわけにいきませんよ」

「しかし、留守中に盗賊一味に押し入られては……」

兵部は説得しようとしたが、

「いいですか、料理屋の大和屋には手配してあるし、大勢の方々がいらっしゃるんです。今更、やめるなんてできるはずがないですよ。大和屋さんには大変なご迷惑をおかけすることになるし、楽しみにしてくださっているみなさんをがっかりさせることにもなるんです」

料理が無駄になる大和屋は迷惑だろうが、参加者の中には義太夫が中止になった方が喜ぶ者が多いのではないのか、と思いながらもそんなことは笑顔で包み隠し、

「事情が事情だから、みな、わかってくれるよ」

「そんなことおっしゃっても、盗賊一味は盗みに入る、と決まったわけじゃなし。それに、あたしがいたんじゃ、押し入った時に足手まといになるだけじゃないか。義太夫を中止して店に留まることはないですよ」

「なんとなからんか」

兵部は顔をしかめた。

「あたしと奉公人たちは義太夫の会に行く、あとはお須恵《すえ》と子供たちなんだが……」

「女房、子供はこの家に残さない方がいい」

「それは、そうですね」

峰次郎が答えたところで母屋の縁側を一人の女が歩いた。

「お須恵、ちょいと」

と、女房を呼ばわった。

お須恵がやって来た。怪訝な顔で峰次郎と兵部を交互に見回してから、

「なんでございます」

「十八日の義太夫の会だけどね、おまえ、子供たちを連れて大和屋に来なさい」

たちまちお須恵は顔色を変え、

「いえ、わたしは留守番をしていますよ」

「いや、来なさい。留守番は必要ない。一緒に義太夫を楽しめばよいのです」

峰次郎は心配をかけまいとして亜相の丹兵衛のことは話さない。お須恵には事情がわかるはずもなく、

「でも、旦那さまは、子供たちが義太夫の会にいたんじゃ芸にならないっておっしゃったじゃないですか」

「そう言ったけどね、考えてみれば、子供のうちからいい芸を見せたり聞かせたりするのはいいことなんだ」

「まさか、子供たちを芸人にするんですか」

「そうじゃないけどさ、とにかく、十八日の晩は一緒に来なさい。美味しい料理もあることだし」

「でもねえ……」

お須恵が嫌がっているのは子供たちだけのことじゃなく義太夫を聞きたくないというのが本音ということは手に取るようにわかる。

「いいから来なさい」

峰次郎は強い口調になった。

「……わかりました」

お須恵は観念したように顔を上げると、母屋に戻って行った。盗賊が押し入ってくれば刃傷沙汰となり、お須恵や子供たちに危害が及ばないとは限らない。ここにいるよりは気の毒だが義太夫の会にいた方がいい。

さすがに峰次郎の義太夫といえど、盗賊よりはましだし、命の危険はない。

「さあ、これでよし」

峰次郎はこれで満足かというような顔を向けてきた。

「すまぬな。万が一、盗賊が押し入ってもおれが成敗《せいばい》してやる」

兵部が言うと、

「よろしくお願いします」

しおらしく、峰次郎は頭を下げた。

決めると、峰次郎はもやもやが晴れたようで、

「十八日に備えて軽くさらっときますよ、先生、聞いていってください」

善意で誘われたのはわかるが、

「いや、おれは帰る」

即座に断った。

「無理には引き止めませんが、先生、十八日は義太夫の会には来られないんですよね。先生、楽しみにしている、とおっしゃったじゃありませんか。それなら、せめてもの御礼に今夜、みっちりと語ろうと思ったのですがね」

恨めしそうに峰次郎は言った。

裏表なく、親切心なのはわかるだけに心苦しいが、

「次回にゆっくりと聞く」

兵部はこれで帰ると布袋屋の木戸に向かった。

程なくして、背中から峰次郎の義太夫が聞こえてきた。ふと、稲荷に目をやる。

月に照らされた稲荷は何も語ってはくれない。

第五章　紙吹雪の成敗

一

十八日の朝、左膳は近藤と共に大番屋にやって来た。

幸い、お久美の沙汰はまだ下りていなかった。奉行所でもお久美の裁きを巡っては意見が統一できないでいるようだ。盗みを働いたといっても各々の商家から油揚げ一枚、商家からの訴えもない。

ところが、江戸市中を騒がせたことは事実だ。

間もなく、沙汰が下されるだろうが、それまでは大番屋の仮牢に留め置かれたままである。

土間に引き出されたくノ一狐ことお久美は左膳と近藤を見ると怪訝な表情を浮かべ、

「まだ、お取調べがあるのでございますか」

その表情はずいぶんと落ち着いていた。

「今日は、おまえに訊きたいことがある」

近藤は世間話でもするような様子だ。それを表すように縄は打たれておらず、茶を出してもいた。

お久美は勧められるまま茶をごくりと飲む。

「油揚げを盗みに入った目的はなんだ」

近藤は柔和な顔で問い詰めた。

「ですから、申しましたように、権太兄ちゃんから言われて、あたしも自分の軽業が披露できることを思ってですよ」

「鈿女屋に傘を作らせている商家の稲荷ばかりを狙ったのはどうしてだ」

「それも権太兄ちゃんの指示ですよ」

何度も訊かれたとあって、お久美はうんざり顔である。

「権太は何故、そんな指示したのだ」

「ですから、知りません。もう、何度も同じことを訊かないでくださいよ」

お久美は口を尖らせ、そっぽを向いた。

近藤が顔をしかめると、

「油揚げを盗む他に稲荷の祠とか鳥居を探れ、と言われなかったか。加えて祠ばかりか、祠の下、とか祠の周りを見ろ、などと指図されなかったか」

左膳が柔らかな表情で尋ねる。お久美は小首を傾げ、

「いいえ、そんなことは言われてませんね。油揚げを盗めとだけしか頼まれませんでした」

やはり、お久美は自身がよくわかっていないようだ。

となると、兵部が言っていた、布袋屋のみに二度も盗み入ったことが気にかかる。きっと、深いわけがあるのだろう。お久美にはなくとも権太にはあるに違いない。布袋屋にだけ、権太から二度も盗みに入らされたのだから、お久美もその理由を権太に確かめたのではないか。

兵部が言ったように布袋屋が鍵を握っているようだ。

「布袋屋に二度も入ったのはどうしたわけだ」

左膳は問いを重ねた。

「布袋屋の旦那があたしのことを無視したからですよ」

この時ばかりは、お久美の答えは明瞭であり、目が狐のように吊り上がった。その

表情の険しさを見れば、二度も盗みに入った強い意志が感じられる。しかも、こればかりは権太の指示ではないようだ。

「無視……」

近藤が首を捻る。

お久美は目を吊り上げたまま捲し立てた。

「下手糞な義太夫を唸っていて、せっかく軽業を披露しているっていうのに、義太夫をやめようとしなかったんだ」

「なんだと……」

意外なお久美の答えに左膳は戸惑った。

兵部から布袋屋峰次郎が義太夫にのめり込んでいるのは聞いている。下手の横好きの域を超え、聞くに堪えない義太夫らしい。

左膳はおかしさがこみ上げた。近藤も横を向いて笑いを嚙み殺している。

不満を爆発させるようにお久美は続けた。

「ひどいったらないね。あれじゃ、近所迷惑さ。あたしはひどい義太夫のせいで、板塀から落っこちちまった。おかげで、剣術の先生に気づかれることになっちまったんだ」

「布袋屋の主人は義太夫を語りながらもおまえを見ていたのだろう。おまえの軽業に感心したのではないのか」

左膳は疑問を投げかけた。

「見ていたよ」

憮然とお久美は答えた。

「ならば、無視されたのではない。それなのに不満を抱いたのか」

左膳は問いを重ねる。

「布袋屋の旦那はね、あたしを見ながら、眼中にないって態度だったんだ。これ以上の無視はないよ。舞台で軽業を披露すれば、お客の目は釘付けなんだよ」

お久美は自慢げに言った。

左膳は近藤と顔を見合わせた。

近藤が、

「舞台と言うと、何処かの旅芸人一座か」

「そうだよ。藤村菊之丞一座さ」

それがどうした、とお久美は問い返した。

「菊之丞一座は向島の霞天神で興行を打っているじゃないか。その舞台には出ないのか」

近藤の問いかけに、

「今回は軽業の者は足りているからって座長がおっしゃって……でも、特別に手間賃をくださったんだ。お金は貰ったけど、軽業を披露できないんじゃつまんないって思っていたら、権太兄ちゃんが面白いことをやろうって、油揚げ盗人を勧められたのさ」

「そういうことか」

近藤は納得した。

ここで、

「無視されたと思って、二度も盗みに入ったのだな」

左膳が念押しをすると、

「そうだよ」

お久美は認めた。

してみると、本人は意識していないだろうが、峰次郎の義太夫もくノ一狐捕縛に役立ったということだ。

「念のためもう一度尋ねる。稲荷を探るようなことはなかったというわけだな」

左膳は最終確認をした。

「そうです」

何度も執拗に確かめられ、お久美は投げやりな声音で答えた。左膳は近藤に目配せをした。もうこれ以上聞くことはない。

「ねえ、旦那。あたしはどうなるんですか。いつまでここに居なくてはいけないんですか」

お久美は我が身を思い、不安を募らせたようだ。こればかりは奉行所とは関係のない左膳には答えられない。

近藤が、

「奉行所の御沙汰が下るまでだ」

と、いかにも取り繕いの答えをした。

「だから、御沙汰はいつ下るんですよ」

お久美は不満そうに問い直した。

「奉行所は多忙だ。もう少し待て」

近藤にも答えられず、言い訳めいた言葉を返した。らちが明かないと、お久美はため息をつき、話を変えた。

「権太兄ちゃんは見つかったんですか」

「まだだ」

近藤の答えにお久美は不満で頰を膨らませ、何か言いたそうだったが、近藤は小者に命じて仮牢に入れた。

「どうも解せんなあ」

左膳はお久美の取調べをやり直したおかげで、益々不思議な思いに囚われた。地蔵の権太は一体、布袋屋の何をもって財宝が隠されているなどと考えたのだろう。

「さっぱりわからん」

左膳は、おまえはわかるかというように近藤に向いた。

「わたしにも地蔵の権太の狙いはわかりません。とにかく、網を張るしかないと思います」

「まあ、そうなんだがな」

左膳は近藤の気持ちを解そうとしたのかニッコリとした。

そこへ、兵部がやって来た。

「どうした」

左膳が問いかけると、

「実は十一日の晩、布袋屋を覗いた時にこんな投げ文があったのだ」

兵部は亜相の丹兵衛が布袋屋に押し入ると通告してきた投げ文を見せた。さっと目を通した左膳は、

「なんで、すぐに報せなかったのだ」

と、責め立てた。

兵部は唇を嚙み締めてから、

「布袋屋の主人、峰次郎がうんと言わなかったのだ」

峰次郎は義太夫の会の中止に応じず、亜相の丹兵衛が押し入る可能性を受け入れようとしなかったが、妥協案として大和屋で開催する義太夫会は中止せず、布袋屋を捕方が守ることには応じたと兵部は言った。

「峰次郎には丹兵衛が予告してきた今日の夜九つまでは戻るな、と言ってある」

兵部は言い添えた。

その分、たっぷり義太夫を語ることができる、と峰次郎は喜んで受け入れた。もっとも、聞かされる者は災難だ。

すると近藤が、

「亜相の丹兵衛、布袋屋に盗品が隠されていると狙いを定めたのはいいとして、どう

してわざわざ峰次郎に盗み入るのを報せたのでしょう」

と、もっともな疑問を呈した。

左膳には見当もつかないし、兵部も答えられない。

それでも、

「用心に越したことはない。今晩、ともかく亜相の丹兵衛一味を待ち受けよう」

という兵部の考えに左膳も近藤も同意した。

二

十八日の夜、布袋屋は静まり返っている。店の大戸は閉じられ、母屋の雨戸も堅く閉ざされている。布袋屋の中には主峰次郎以下、家族も奉公人もすべて不在で、上野池之端にある料理屋大和屋に集結していた。

そして、母屋の居間には左膳以下、兵部や近藤が率いる北町奉行所の捕方たちが十人余り、突棒、刺股、袖絡などの捕物道具を持ち待機している。

居間には峰次郎の気遣いで大皿に握り飯が盛られ、いくつも並べてあった。士気を上げるためにと酒も用意されたが誰も手をつける者はいなかった。

「せっかくの峰次郎殿のお気持ちじゃ。腹が減っては戦ができん。腹ごしらえといこうぞ」

左膳はまず自分が握り飯を頬張って見せた。それを合図にみな握り飯に手を伸ばす。近藤も食欲がなかったが、口に入れた。一口食べてみれば、塩気が効いた握り飯、やや固めだがそれだけに歯応えがあり、大捕物を控えての腹ごしらえにふさわしい。

しばらくの間、むしゃむしゃと握り飯を咀嚼《そしゃく》する音が居間の中に満ちた。握り飯を食べたことで、一同の顔に多少の余裕が表れた。そうなると、兵部も疑問を口に出さざるを得ない。

「稲荷には財宝など絶対に隠されていないのだ。それに、お久美の話でも特別に稲荷の探索などは行っていなかったということだったのだろう」

兵部の疑問に答えられる者はいない。

ただ、

「地蔵の権太の読み間違いということか。それとも、権太も丹兵衛を恐れるあまりいい加減なことを報告したということか」

左膳が言った。

「そうかもしれません」

近藤としても判然としない以上、左膳の考えを否定することは憚られる。次いで、自分の迷いを吹っ切るように捕方に向かって言った。

「ともかく、盗賊一味、一人も逃してはならん。なんとしても生け捕りにするのだ。たとえ、死罪になったところで、かつての罪状を償えるものではないが、きっちりと裁きを受けさせ、江戸市中を引き回し、天下万民の前で獄門台に送ってやるのだ。他の者たちは手向かう者は斬り捨ててかまわん」

近藤の並々ならぬ決意は嫌が上にも、捕方の士気を高めることとなった。

それから、各々、武器の手入れをしたり、心静かに瞑目《めいもく》してその時に備えたりした。

居間の中は静かに緊張の空気に包まれていった。

やがて、かすかではあるが足音が近づいて来るのがわかった。

腕を組んで目を瞑り正座をしていた左膳は両目をかっと見開き兵部に無言の合図を送ってきた。

兵部はうなずくと雨戸をそっと開いた。

居待月《いまちづき》の光を浴びた黒装束の集団が稲荷の鳥居の前に集結していた。

その数、十人。

左膳は近藤に向きうなずくと、敵が十人であることを示すように両手を開いた。

誰がやったのか、ごくりと生唾を呑み込む音がした。

左膳は立ち上がった。

それを合図に雨戸が開かれ、

「御用だ！」

近藤を先頭に捕方たちは盗賊一味に殺到した。

「畜生！　嵌《は》めたな、権太は何処に行った！」

喚きたてている長身の男が頭目、すなわち亜相の丹兵衛のようだ。

「観念しろ」

近藤が刃を向けると、

「捕まえたかったら、力ずくでお縄にしな」

丹兵衛は抜刀した。丹兵衛のみが大刀で配下の者たちは匕首、長脇差を向けてくる。たちまちにして入り乱れての捕物騒ぎとなる。刃が交わる音、怒鳴り声が交錯し騒然となった。

わけても近藤の気合いは凄まじく、闘志剝き出しで盗賊に向かった。近藤の気合いに刺激を受けたのか、兵部も木を伐採するように斬り伏せていく。

白刃を振るいながら兵部は地蔵の権太を探した。敵味方入り乱れての捕物とはいえ、あれだけ特徴のある男だ。見つけられないことはない。

と、そこへ、

「野郎！」

男が匕首を腰だめに突きかかって来た。咄嗟に兵部は左足を引き、下段から大刀をすり上げた。

匕首は居待月に吸い込まれるように夜空に舞い上がった。次の瞬間、兵部は峰打ちを相手の首筋に放つとどうと前のめりに倒れた。

庭に一味が次々と倒れた。斬殺された者、腕を失いのたうち回っている者、峰打ちで昏倒した者、敵は追い詰められ、丹兵衛一人となった。

白雲斎からの依頼を成就せんと左膳は、

「勝負だ！」

と呼びかけ、丹兵衛と対峙した。

左膳が大刀を下段に構えると丹兵衛は大上段に振りかぶった。

二人を捕方が囲む。近藤が手出しを禁じた。近藤に言われるまでもなく捕方は二人を見守っていた。それほど、左膳と丹兵衛の間には他者を寄せ付けない気合いがみなぎっていたのだ。

兵部も固唾《かたず》を呑んで見守る。よもや、左膳が斬られることはなかろうが、丹兵衛は押し入り先で殺しを重ねた残忍無比な男だ。これまで刀の錆《さび》としてきた者は老若男女問わず数知れない。真剣を操ることにかけては相当なものだろう。

それが証拠に周囲を囲まれ孤立無援となった今もどっかと腰を落とし、寸分の乱れもない。黒覆面から覗く両眼も怖いくらいの光を放っていた。

先に動いたのは左膳だ。

左膳はすり足で丹兵衛との間合いを詰め、突きを繰り出す。丹兵衛は咄嗟に左足を引き、大刀を右に掃った。それは凄まじい太刀筋で風を斬る音がした。

左膳の突き、すなわち、来栖天心流、「剛直一本突き」を丹兵衛はかわした。

兵部は驚きと共に剣客の血が騒いだ。

己が得意技をかわされようと、左膳はひるむことなく返す刀で丹兵衛の胴を狙った。が、これも丹兵衛に受け止められた。

この時、左膳は丹兵衛を侮っていた自分を嘲《あざけ》った。盗人に過ぎない我流の剣術であろうと高を括っていたのだ。丹兵衛は公家侍の出だった。京の都は雅《みやび》さと共に武も伝わっている。平安《へいあん》の世の末、鞍馬山《くらまやま》で源義経《みなもとのよしつね》に兵法指南をした鬼一法眼《きいちほうげん》が開祖となり、八人の僧に伝授した京八流《きょうはちりゅう》の剣術は脈々と伝えられているのだ。

左膳は丹兵衛を盗賊ではなく、一人の剣客として対決せねばと気持ちを切り替えた。

二人は鍔競り合いを演じた。長身の丹兵衛が左膳にのしかかるようになったが、左膳も一歩も退かない。

いや、退くことはできない。

「死ね!」

丹兵衛は一気に勝負を決しようと左膳を突き飛ばした。

と、左膳は丹兵衛の視界から消えた。

左膳は屈むと渾身《こんしん》の力を込めて大刀をすり上げた。鋭い金属音がし、丹兵衛の大刀は夜空に舞った。

そして、弧を描き稲荷の祠に落ちたと思うと供えてあった油揚げを突き刺し、地面に落ちた。

「御用だ!」

近藤の指示で捕方が丹兵衛を囲んだ。

丹兵衛は抗わなかった。縄を打たれ黒覆面を剝がされた。凶悪な盗賊とは程遠い品格のある顔があった。

「そなた……霞天神の宮司……」

啞然とした近藤に丹兵衛は言い放った。

「霞天神の宮司には黄泉《よみ》の国に逝ってもらった」

つまり、竹田兼見を殺し、成りすましていたということだ。近藤は汗ばんだ顔を懐《かい》紙《し》で拭いしばし丹兵衛の顔を見つめた。

「もう、じたばたはせぬ……」

夜空に丹兵衛の声が響き渡った。

その時、裏木戸の陰で蠢《うごめ》く物が兵部の目の端に映った。

(地蔵の権太だ)

そう直感が告げた。

兵部は裏木戸に向かった。果たして、蠢く物は人の形、しかも小柄な男。まごうことなき地蔵の権太である。

権太は踵を返すと脱兎《だっと》の如く走り出した。

兵部も追いかける。

月の光にほの白く照らされた権太の後ろ姿は妙に愛嬌があった。先だっての船宿、渦潮で追いかけた時の敏捷さはない。このため、追いつくのに苦労はなかった。

「観念しろ」

兵部は権太の前に回り込んだ。

「わかった。大人しくお縄になるよ」

意外にも権太は素直に従った。だが、油断はできない。渦潮ではうまうまと逃げられたのだ。兵部は権太に何か企みがあるのではないかと疑い、視線を凝らした。

「なんにもせえへんがな」

それが権太から発せられたと気がつくのに少しの間が必要だった。上方訛りがあるばかりか、声の調子も一変している。子供のような声音から大人びた野太い声になっていた。

声ばかりではない。

月明りに浮かび上がった面差しは落ち着き、どことなく品を感じさせた。

「おまえ、何者だ」

「地蔵の権太やがな」

権太はせせら笑った。

「上方の出だな」

「近江の大津や」

「それが、どうして東海道を荒らす盗人、亜相の丹兵衛などの配下に加わった」

立て続けに兵部は問いかけた。

「人に訊いてばっかおらんと、ちょっとは考えなはれ」

権太は小馬鹿にしたように鼻を鳴らした。権太の顔を見ているうちに兵部の脳裏に閃くものがあった。

「近江、大津宿の呉服問屋、近江屋……。おまえ、近江屋の身内か」

権太の顔から薄ら笑いが消えた。

「近江屋の主人はわての親父や」

権太の言葉を聞き、兵部は改めて権太を見返した。

権太は無表情となり、

「丹兵衛が近江屋に押し入った晩、わては京都の祇園《ぎおん》で遊んどった。とんだ放蕩息子やった。花魁《おいらん》と遊んでいる間におとんもおかんも奉公人たちも丹兵衛に殺され、近江屋は灰にされてもうたんや」

権太は呆然となり、しばらくは何もする気がなくなったという。大津を離れ、東に向かった。当てがあるわけではない。なんとなく大津を離れたくなったのだ。

「それが、浜松《はままつ》に入ったところで亜相の丹兵衛の噂を聞いた。わては、決意した。復讐や。ほんでも、まともにぶつかったんではとても丹兵衛には歯が立たん」

権太は丹兵衛を幕府の手で成敗させようと考えたという。

「東海道をせこい盗みをしながら丹兵衛を追いかけた。すると、気づいたんや」

丹兵衛が盗みを働いた東海道の宿場には、決まって藤村菊之丞一座が興行を打っていたそうだ。

「わては、菊之丞と丹兵衛は繋がっていると勘繰った。幸い、幼い頃から軽業が好きで、見様見真似で蜻蛉《とんぼ》を切ったり、宙返りをしているうちに軽業を身に付けた。そら、ほんまもんの軽業師に比べたら見劣りするけど、わてのこの風貌で剽《ひょう》げた調子でやれば、客には受ける。実際、菊之丞は舞台に上げてくれた」

菊之丞一座に加わり、権太は丹兵衛と一座との関係を探った。

「ある時、一座の衣装や舞台の道具に混じって千両箱を見つけたんや。芝居の小道具かと思ったけど、ほんまもんの小判やった。つまりや、丹兵衛は都の飛鳥小路家の家紋入りの荷に盗品を紛れさす、という噂があったけど、念のため、飛鳥小路家だけやなしに、菊之丞一座にも盗品を預けていたのや」

狡猾な奴らだと、権太は丹兵衛と菊之丞を嘲った。

これで、菊之丞一座と亜相の丹兵衛の繋がりは明らかになった。

兵部が問いかけた。

「くノ一狐ことお久美に稲荷の油揚げを盗ませ、さも、隠れた財宝があるかのように装ったのだな。財宝を餌に丹兵衛を罠にかけた。狙いは見事に的中したな。それで、布袋屋に財宝があることにしたのは何故だ」

権太は失笑を漏らして答えた。

「偶々や。お久美が布袋屋に二度入りたがったのや。布袋屋の主、義太夫に夢中で、せっかくお久美が忍び込んだのに気を入れて見てくれなかったそうや。それが悔しゅうてお久美は二度も忍び込んだ。ところが、それが仇になって捕まりよった。わては、くノ一狐が二度も忍び込んだ布袋屋にこそお宝の所在を記した絵図面が隠されているって菊之丞に報告したった……さあ、ほんなら番屋に行こうか」

権太は深々と頭を下げた。

権太に温和な表情が戻り、地蔵のような穏やかさをたたえていた。

と、その顔が苦悶《くもん》に歪み、膝から頽《くずお》れた。

「権太！」

しまった、と思いながら権太を抱き起すと、背中に短刀が突き刺さっている。身体を揺さぶったが権太は息絶えていた。

闇に目を凝らしたところで、短刀が飛んできた。兵部は地べたに伏せた。

しばらくすると、足音が遠ざかってゆく。用心をしながら兵部は立ち上がった。渦潮で権太を追いかけた時に短刀を投げてきた二人組だろう。あの時は権太を逃がすために短刀を投げた、今夜は権太の口を塞ぐために短刀を使ったのだ。

布袋屋の庭では、せっかく捕縛した亜相の丹兵衛、舌を嚙み切って死んだ。

三

霜月二十日、左膳は白雲斎に呼ばれ、小春を訪れた。

白雲斎は、亜相の丹兵衛が捕縛されたことを喜んだ。

「まあ、こちらの意図とは違った手法、いや、手法とは呼べぬ、御庭番は役に立たないままの捕縛になったが、まずは良かった。わしも面目を施せた。それにしても、まさか、くノ一狐と丹兵衛一味が繋がっておったとはな」

白雲斎は読売を持っていた。

亜相の丹兵衛とくノ一狐、地蔵の権太のことが書き立ててある。これで、くノ一狐が江戸中の人口に膾炙《かいしゃ》されるようになった。

しかし、藤村菊之丞との関わりは記されていない。菊之丞と丹兵衛の関わりを証言するはずであった丹兵衛と権太が死亡し、菊之丞は知らぬ、存ぜぬを言い立てているからだ。

丹兵衛が霞天神の宮司、竹田兼見に成りすましていたことも知らず、自分は竹田宮司だと疑っていなかったと申し立てている。菊之丞の言葉を裏付けるように丹兵衛が率いていた盗人たちは菊之丞一座と無関係であった。

「左膳、ともかく丹兵衛がお縄になってよかった。自害しおったのは残念じゃが、公儀御庭番が追っていても摑めなかった盗人をよくぞ退治してくれたのう」

上機嫌で白雲斎は礼を繰り返した。

「わしの功ではありません。偶々が重なり、丹兵衛捕縛に繋がったのです」

謙遜ではなく左膳は心底からそう思っている。それゆえ、いま一つ達成感がない。加えて菊之丞は野放しなのだ。

浮かない顔の左膳に、

「どうした」

白雲斎は声をかけてきた。

「いや、その」

左膳は曖昧に口ごもった。

すると、春代が、

「また、物騒な心中が起きたそうですよ」

と、言った。

「心中か」

白雲斎は渋面となった。

「どんな心中なのだ」

左膳は興味を抱いた。

「一度に十人が心中したんだそうですよ」

春代は言った。

「なんじゃと」

さすがに白雲斎も関心を向けた。

そう言えば、お雪の姿がない。

「お雪は休みか」

左膳が気づくと、

「お昼に顔を出したんですけど、なんだか辛そうで、顔色も悪かったので休んでもらったのです」

春代はお雪を気遣った。

お雪がいないということで心中を話題にできたのだろう。

「十人ということは、五組の男女が心中したというのだな」

左膳が確かめると、

「そのようです。なんでも海辺新田《うみべしんでん》に集まって心中したんですって」

春代は湯屋で聞いたのだそうだ。

「なんと」

左膳は絶句した。

「度が過ぎるのぉ」

白雲斎は不愉快になった、と早々に切り上げた。

白雲斎と入れ替わるように近藤銀之助がやって来た。その顔は引き攣っている。亜相の丹兵衛一味捕縛の手柄を立てたばかりだというのに、その表情は海辺新田で起きた心中事件のせいだと窺わせる。

「海辺新田の心中騒ぎか」

左膳が確かめると、

「耳になさいましたか」

近藤は左膳の横に座った。

左膳はちらっと春代を見たが、春代から聞いたことは黙り、

「十人とは放ってはおけぬな」

左膳は舌打ちをした。

「そうなんです」

近藤もうなずく。

「詳しく話してくれ」

左膳の問いかけに近藤は頭の中を整理するかのようにしばし黙ってからおもむろに語り出した。

その日の朝、近藤はまたしてもの心中騒ぎにおっとり刀で海辺新田に駆け着けた。

海に近いとあって、強い潮風が吹きすさぶ中、男女の亡骸が十体転がっていた。

彼らは大きな輪を作り、咽喉を剃刀で切り裂いていた。

あまりの無残さに近藤は顔をそむけた。

各々の身元を確かめねばならない。

すると、

「ううっ」

男の一人が呻き声を漏らした。

すかさず近藤は男の側に屈み込んだ。

「しっかりしろ」

男を抱き起こし、周囲を見回す。枯れ薄《すすき》が林立する冬ざれの光景が広がるばかりだ。

「うまく……うまく……」

かすれ声で男は何かを語ろうとした。耳を近づけると、

「き、き、菊之丞さんへ……お信《のぶ》とあの世で結ばれます……と、つ、伝えて……ご指南ありがとうございました、と」

そこまで言って男は事切れた。

お信とは横で死んでいる娘なのだろう。

菊之丞への伝言は、心中を遂げたことへの礼に違いない。兵部から聞いたお雪の心中話が思い出される。お雪の心中相手、茂平の実家から五十両が持ち出されていた。心中しようとする茂平が五十両を持って出るとは考えにくく、実際、心中の際、茂平は五十両など持っていなかった。

おそらく、茂平は五十両を菊之丞に渡し、心中の指南を受けていたのだ。

「おのれ、菊之丞」

藤村菊之丞への憤りが近藤の胸にこみ上げた。この者たちは菊之丞の芝居に影響され、それればかりか菊之丞の指南を受けて心中を図ったのだ。菊之丞は芝居の域を超え、心中を煽っていたのだ。

四

翌日の昼、左膳は近藤と共に藤村菊之丞一座に乗り込んだ。

今日が千秋楽だという。

菊之丞は近藤を覚えていた。

「おや、八丁堀の旦那、近藤銀之助さんですね」

と、近藤に声をかけてから左膳に視線を向けた。近藤が紹介しようとしたのを遮り、

「来栖左膳と申す。羽州《うしゅう》浪人、傘張り浪人だ」

左膳は名乗った。

「ほう、ご浪人さんですか。それにしては、品格がありますな。きっと、身分あるお

方だったのでしょう。で、何か」

菊之丞は近藤に視線を戻した。

「海辺新田で十人の男女が心中した。みな、そなたの芝居を見ていたそうだ」

近藤が言うと、

「以前にも申しましたが、言いがかりをつけにこられても困ります」

しれっと菊之丞は返す。

「言いがかりではない。そなたは心中を仕向けているのだ」

近藤は言った。

「やめてください。わたしは、一生懸命に芝居をしているだけです」

菊之丞はくるりと背中を向けた。

「待て」

左膳が呼び止める。

「なんですか」

嫌々といったように菊之丞は左膳に向き直った。

「地蔵の権太を存じておるな」

左膳の問いかけに、

「大それた盗人やったそうな」

他人事のように菊之丞は言った。

それから、

「うちの一座とは関係ありません」

と、口を尖らせた。

近藤が勇み立ち、

「関係なくはないだろう」

と、菊之丞を睨んだ。

一瞬、菊之丞はたじろいだがそれも束の間のことで、

「権太は確かにうちの舞台に上がっていましたよ。ですがね、権太は座員ではなかったんですわ。それが証拠に、あいつは昼間は別の仕事をやってたんです。その時々の興行によって、菊之丞一座の舞台に上がったり、他の旅芸人一座の舞台にも立ったりしたんですよ。江戸で興行を打っている時、偶々うちの舞台に上がっただけですわ」

自分には非がない、と菊之丞は言い立てた。

「素性も調べずに一座に加えたのか」

近藤は問いかけた。

薄笑いを浮かべ菊之丞は言い返した。

「前にも申しましたわな。うちらは旅芸人ですよ。浮草《うきくさ》稼業です。何処の馬の骨とも知れん者でも、芸さえあれば仲間に加えます。お客さんが喜ぶ芸なら、誰でもね」

「それは、そうだろうが」

近藤は言い淀んだ。

「一座の者と言えば、無宿者揃いですわ。だからと言って、一人残らず人足寄場に送るとおっしゃるんですか」

菊之丞は言った。

人足寄場とは、江戸湾、大川の河口に浮かぶ石川島に設けられた無宿者の支援施設である。寛政年間、火盗改の頭《かしら》を務めた長谷川平蔵宣以の建言《けんげん》によって設けられた。当時、地方から食い詰めた農民が江戸に食を求めて流入した。

しかし、人別帳に記載されない無宿者とあって中々職は得られず、無頼の徒となったり、喧嘩騒ぎを起こしたりして風紀を乱した。幕府は強制的に国許に帰したり、佐渡金山の坑夫にしたりしたが、付け焼刃的な政策とあって、無宿者の問題は解決されなかった。

そこで長谷川平蔵は人足寄場に収容し、大工、建具《たてぐ》、炭団《たどん》作り、裁縫など手に職をつけさせ、三年の間真面目に修練した者には働き口を斡旋した。いわば、貧困ゆえに犯罪に奔《はし》る者を自立させ、犯罪予防政策にしたのである。

ここで左膳が、

「そなたは、都の公家の青侍の血筋だとか」

と、問いかけた。

「そんな風に売り込んでいますがな」

菊之丞が返すと、のらりくらりとした菊之丞の態度に、

「違うのか！」

むきになって近藤は怒鳴った。

それでも面の皮の厚い菊之丞は動ずることなく、

「確かめるのは野暮というものですよ。うちら役者というのは、秘密めいた一面を持っていないといけません」

菊之丞は大真面目に返した。

左膳は無言で睨み据えた。左膳の強い視線を受け止め、

「まさか、亜相の丹兵衛という盗人と関わりがある、とお疑いなのですかな」

菊之丞は言った。

左膳は平生の顔のまま、

「関係があるのかないのか、ちょっと確かめたいことがある」

と、言った。

「どうぞ、何なりと」

落ち着き払って菊之丞は受け入れた。

「五年前、川崎宿で興行を打ったな」

左膳は問いかけた。

「さて、お芝居をしたかもしれませんし、しなかったのかもしれません。年中、旅から旅の浮草暮らしですからな」

覚えていないと、菊之丞は言った。

「芝居をしておるのだ」

強い口調で左膳は言った。

「そうですか」

それがどうした、と菊之丞は言いたいようだ。

「その時にもくノ一狐が出没した」

「それで」

「地蔵の権太はその時も一座に加わっておったのだな」

「くノ一狐が出没しておったのなら、うちの舞台に上がっていたかもしれませんわな」

菊之丞は言った。

「その時、亜相の丹兵衛も盗みを働いておった」

「ほう、そうですか」

菊之丞は無表情になった。

「しかも、心中をはかった男の実家に押し入ったのだ」

左膳は言った。

近藤が、

「偶々、と言えるのか」

強い口調で言う。

「そうですよ、偶々ですよ。そうに決まっているじゃないですか」

菊之丞は言い張った。

「菊之丞一座、心中、くノ一狐、亜相の丹兵衛……この組み合わせが何度も繰り返されるというのはどうなのであろうな」

左膳の指摘に、

「妙な文《あや》をつけないでください」

菊之丞は言った。

「文とは因縁のことか。なるほど、潔白なれば、因縁であろう」

左膳は笑った。

「とにかく、証もないくせに、言いがかりはなしですわ」

菊之丞は顔をしかめた。

「その言葉、忘れんぞ」

左膳は言った。

「必ず、化けの皮を剝がす」

身を乗り出し、近藤も決意を語った。

「なら、今、おれが心中を煽ったと明らかにしてみろ！」

逆上したように菊之丞は怒鳴った。

「心中した者、菊之丞一座の芝居を何度も見物しているな」

近藤は言った。

「それがどうした。前にも言ったはずだ。『曽根崎心中』の芝居に感動した者たちは何度も足を運ぶのですよ。それは役者冥利に尽きるというもので、役者としての誉《ほまれ》ですわ。うちが、心中しろ、と命じておるわけではありませんよ」

近藤が菊之丞の罪を明らかにする決定的な証拠を持っていないと見たようで、菊之丞は落ち着きを取り戻した。

「そうかもしれぬ。だがな、心中を指導していたとなると、しかも銭金を取って、教えていたとなると問題ないとは申せまい」

近藤は迫った。

「なんだって」

菊之丞はたじろいだ。

「法外な金を受け取りながら心中についてあれこれ、手取り足取り、指導をしたではないか」

近藤は責め立てる。

「それは、あくまで、芝居ですわ。素人芝居で『曽根崎心中』をやりたいという希望で引き受けただけだ」

菊之丞は言い張った。

「そこに悪意はなかったと申すか」

近藤は責め立てる。

その日、近藤は横山に談判した。

「亜相の丹兵衛、くノ一狐、それに一連の心中騒ぎの背後に藤村菊之丞がいるのは間違いありませぬ」

少しのためらいもなく近藤は言った。

「そなたの話を聞けば、もっともだと思うし、菊之丞を野放しにすれば、今後にも間違いが起こるかもしれぬが……」

横山は煮えきらない態度だ。

「しれぬではありません」

近藤は声を大きくした。

自嘲気味な笑みを浮かべて横山は続けた。

「亜相の丹兵衛、くノ一狐は捕縛したのだ。今後、菊之丞一座が災いとなるのは、心中騒ぎであろう。心中、すなわち、相対死は奉行所では扱わぬ。役人根性とわしを批難するであろうがな」

近藤はしばらく口を閉ざしていたが、

「菊之丞は心中を煽るばかりか、心中で金を儲けております」

と、菊之丞の手口を語った。

「なんと……」

さすがに横山も驚きで顔を歪めた。

「これは、大いなる罪と申せましょう」

近藤は言ったが、

「確かに不届き極まる……ならば、御奉行より寺社奉行さまに菊之丞一座の処分をお願いしようではないか」

横山は言った。

「それでは、不足です。寺社奉行さまは、こう申しては不遜なことながら、せいぜい神社での上演を禁ずる旨を通達するに過ぎませぬ」

近藤は言った。

「それでは、不足か」

「場所を変え、菊之丞は芝居を続けます。そして、更なる被害を広げるに違いありません」

「それは、そうかもしれぬが」

横山は苦悩している。

「もっと言えば、菊之丞一座は心中を煽っているだけではなく、亜相の丹兵衛とも深い繋がりがあります」

「まさか……」

横山は視線を泳がせた。

「きっとそうです」

近藤は言葉を重ねる。

「きっと……確たる証はないのか」

ためらいがちに横山は訊いた。

「その猶予はないのです。菊之丞一座は今日が千秋楽なのです。今日をおいては捕縛できませせぬ」

必死の形相で近藤は訴えた。

「そうは、申してものう」

苦悶の表情を濃くして横山は呻いた。

「お願いします！」

語調を強め近藤は頼んだ。

「待て」

横山は与力に掛け合ってくると言い置いて同心詰所を出て行った。

「さて、頼みます」

祈るような気持ちで横山を待つ。菊之丞一座が興行をしているのは神社の境内である。寺社奉行の許可がいる。

やはり、間に合わないか。

そんな焦りが近藤に迫る。

やがて、横山が戻って来た。その顔は険しい。

果たして、

「いくらなんでも、今日言って今日は無理だ」

横山は言った。

それはそうだ。横山を責められない。

「そうですか……」

何か方策はないか。

「こういう時、火盗改の頭がいればいいのだがな」

横山は天を仰いだ。

「まこと」

近藤も嘆いたが、やはりあの方を……来栖左膳を頼ろう、と心に決めた。

五

その日の夜、左膳と近藤は藤村菊之丞一座の小屋にやって来た。

左膳は黒の小袖、裁着け袴に身を包み、大刀を落とし差しにしている。二人とも燃え盛る闘志ゆえ、凍てつくような夜風をものともせず、敢然《かんぜん》と小屋へと向かう。

興行は終わり、境内は静まり返っている。

左膳と近藤は小屋の裏手に回った。

舞台の道具を積んだ荷車が並んでいる。三台の荷車は荷に筵が掛けられ、縄で縛ってあった。他に何故か空の荷車が五台もあった。

撤収《てっしゅう》の準備は終わっていた。

楽屋から菊之丞が出て来た。

「おや、八丁堀同心さんと傘張り浪人さんやないか。あいにく、芝居は終わったで」

相変わらず、人を食ったような態度で菊之丞は声をかけてきた。

「芝居見物に来たのではない」

左膳は轟然《ごうぜん》と言い放った。

「ほんなら、何しに来たのや。まさか、あたしをお縄にする気かいな」

菊之丞は近藤を睨んだ。

左膳が答えた。

「召し捕るつもりはない。成敗する」

「成敗……田舎芝居かいな」

菊之丞は嘲笑を放った。

「芝居ではない。世直しだ」

野太い声で左膳は返した。

「あたしを成敗するのが世直しか！」

菊之丞は声を張り上げた。

「面白がって心中騒ぎを起こし、ただれた世にせんとする元凶、藤村菊之丞を成敗するのだ」

最早、問答無用と左膳は大刀を抜き放った。

その瞬間、菊之丞は楽屋に駆け込んだ。だが、左膳は菊之丞を追わず荷車に向かい、三台ある荷車の縄を大刀で斬った。

音を立てて荷が崩れ落ちる。

剝き出しとなった荷は舞台衣装や道具に加え、千両箱、青磁の壺、書画、骨董品もあった。

亜相の丹兵衛が盗んだ品の一部であろう。

左膳は空の荷車五台に視線を移し、

「江戸で回収する予定であった盗品を積み込むために用意したのだろう」

「荷車からしますと、亜相の丹兵衛が秘匿《ひとく》した金品の莫大さがわかりますね」

近藤は空の荷車を感慨深そうに見やった。

「さて、成敗するか」

一旦納刀し、左膳は楽屋に入った。近藤も続く。

楽屋には誰もいない。

「こっちや」

舞台から菊之丞の声が聞こえた。

左膳と近藤は慎重に歩を進め、舞台に出た。

掛け行灯が灯され、ぼうっと舞台を浮かび上がらせている。

菊之丞は立烏帽子《たてえぼし》を被り、草色の狩衣《かりぎぬ》を身に着け、腰には太刀を佩《は》いていた。公家侍の落とし胤と自負しての格好のようだ。

「晴れ姿で冥途に逝け。道連れもなく、一人でな」

左膳は大刀の柄に右手を添えた。

すると、突如として天井から雪が降ってきた。

寒夜《さむよ》とはいえ雪催《ゆきもよ》いの空ではなかった。それに、ここは小屋の中ではないか、と左膳も近藤も訝しんでいるうちに二人の肩に雪が降り積もった。

が、雪ではなく紙切れである。

舞台で使われる紙吹雪だとわかった。

「あの世に逝くのはあんたらや。男二人の心中は絵にならんがええやろう。衆道《しゅどう》の叶わぬ恋路の果て、というのも一興《いっきょう》や」

菊之丞はけたけたと笑った。

笑い終わらぬうちに、菊之丞の両側に二人の男が立った。双子の芸人である。

「平吉、寛吉、やっておしまい」

菊之丞が命じると二人は懐から複数の短刀を出した。

うれしそうな顔で二人は短刀の柄を摑んだ。

咄嗟に、左膳は近藤を突き飛ばした。次いで、自分も舞台を横転する。

その時、

「旦那さま」

見物席から長助が声をかけ、朱色の傘を投げた。

起き上がり様、左膳は傘を摑み、素早く開いた。開くと同時に柄をぐるぐると回した。

そこへ、短刀が飛んできた。

短刀は弾かれ、舞台に落下する。

左膳は傘を回転させながら平吉と寛吉に迫る。次々と飛来する短刀が悉く跳ね飛ばされた。

二人の間近に至ったところで傘を閉じ、二人の咽喉を傘の頭で突いた。彼らは後方に吹っ飛んだ。

傘を置き、抜刀すると菊之丞に向いた。

菊之丞も太刀を抜き放った。

「きえ〜い！」

怪鳥のような雄叫《おたけ》びを上げ、菊之丞は太刀を振り翳《かざ》した。

対して左膳は落ち着いてどっしりと腰を落とす。

菊之丞は大上段から太刀を斬り下げた。

左膳はさっと右に動き、太刀をかわす。

太刀は空を切り、菊之丞は前のめりになった。

「ふん、へなちょこが。成敗するまでもない」

左膳は右手を柄から離し、拳を作って菊之丞の鳩尾に叩き込んだ。

菊之丞は倒れ伏した。

左膳は近藤に目配せした。

近藤は菊之丞や平吉、寛吉に縄を打った。


霜月の晦日《みそか》、左膳は長助に手伝わせ傘張りに勤《いそ》しんでいた。

一休みしようとしたところへ、美鈴がお茶と今川焼《いまがわやき》を持って来た。

藤村菊之丞一座は亜相の丹兵衛との関わりが明らかとなり、菊之丞は死罪、平吉と寛吉は遠島、他の座員は江戸所払いとなった。

小春を手伝っていたお雪は来春に近所で小さな店を出すそうだ。心中騒ぎが起き、世の退廃が心配されたが、菊之丞の罪が暴かれ、流行りかけた心中はすたれた。菊之丞の悪業は心中しようと頭に血を上らせた男女に冷や水を浴びせたようだ。

「美鈴、まだ心中に興味があるか」

冗談めかして左膳は問いかけた。

「わたくしは、あの世を知りません。この世しか知らないのですもの。好いた殿方とはこの世で一緒になりたいです」

美鈴らしくはっきりと自分の考えを述べた。

「この世で添い遂げられなかったらどうする」

左膳が問うと、

「別の殿方と暮らしても、その方のことを想い続けます。心の中で沿い続けるのです」

ぎょっとするような答えを美鈴はした。

左膳は思わず口を半開きにした。

すると、美鈴はくすりと笑い、

「冗談ですわ。その時になってみないとわかりません」

「いつまでも好いた男を想い続けるというのは、まことに冗談なのだな」

くどいように左膳は確かめた。

「冗談です。父上の困った顔を見たかっただけですよ」

美鈴は腰を上げ、傘張り小屋から出て行った。

左膳はほっと安堵し、お茶を飲んだ。

横目に長助が含み笑いしているのが映った。

「さて、今年もあとひと月か。毎年、月日が経つのが早くなるな」

ぼやくように言うと、左膳は今川焼を頰張った。口中に広がる餡子《あんこ》の甘さに生きている喜びを感じた。

時代小説

二見時代小説文庫

極悪《ごくあく》の秘宝《ひほう》　罷免家老《ひめんかろう》　世直《よなお》し帖《ちょう》5

二〇二二年十二月二十五日　初版発行

著者　瓜生颯太《うりゅうそうた》

発行所　株式会社　二見書房
〒一〇一-八四〇五
東京都千代田区神田三崎町二-一八-一一
電話　〇三-三五一五-二三一一［営業］
〇三-三五一五-二三一三［編集］
振替　〇〇一七〇-四-二六三九

印刷　株式会社　堀内印刷所
製本　株式会社　村上製本所

ISBN978-4-576-22177-9
https://www.futami.co.jp/

瓜生颯太

罷免家老 世直し帖

シリーズ

以下続刊

① 罷免《ひめん》家老 世直し帖1 傘張り剣客
② 悪徳の栄華
③ 亡骸は語る
④ 山神討ち
⑤ 極悪の秘宝

出羽国鶴岡藩八万石の江戸家老・来栖左膳《くるすさぜん》は、戦国以来の忍び集団「羽黒組」を束ね、幕府老中となった先代藩主の名声を高めてきた。羽黒組の諜報活動活用と自身の剣の腕、また傘張りの下士への奨励により藩を支えてきた江戸家老だが、新任の若き藩主と対立、罷免され藩を去った。だが、新藩主への暗殺予告がなされるにおよび、来栖左膳の矜持《きょうじ》に火がついて……。

牧 秀彦

北町の爺様

シリーズ

以下続刊

① 北町の爺様1 隠密廻同心《おんみつまわり》

② 北町の爺様2 老同心の熱血

隠密廻同心は町奉行から直《じか》に指示を受ける将軍にとっての御庭番《おにわばん》のような御役目。隠密廻は廻方で定《じょう》廻と臨時《りんじ》廻を勤め上げ、年季が入った後に任される御役である。定廻は三十から四十、五十でようやく臨時廻、その上の隠密廻は六十を過ぎねば務まらない。北町奉行所の八森十蔵《やもりじゅうぞう》と和田壮平《わだそうへい》の二人は共に白髪頭の老練な腕っこき。早手錠《はやてじょう》と寸鉄《すんてつ》と七変化《しちへんげ》を武器に老練の二人が事件の謎を解く！「南町 番外同心」と同じ時代を舞台に、対を成す新シリーズ！

牧 秀彦

南町 番外同心

シリーズ

以下続刊

① 南町 番外同心1 名無しの手練《てだれ》
② 南町 番外同心2 八丁堀の若様

名奉行根岸肥前守《ねぎしひぜんのかみ》の下、名無しの凄腕拳法番外同心誕生の発端は、御三卿清水《ごさんきょうしみず》徳川家の開かずの間《ま》から始まった。そこから聞こえる物《もの》の怪《け》の経文を耳にした菊千代《きくちよ》（将軍家斉《いえなり》の七男）は、物の怪退治の侍多数を拳のみで倒す〝手練〟の技に魅了され教えを乞うた。願いを知った松平定信《まつだいらさだのぶ》は、『耳嚢《みみぶくろ》』なる著作で物の怪にも詳しい名奉行の根岸にその手練との仲介を頼むと約した。「北町の爺様」と同じ時代を舞台に対を成すシリーズ！

評定所留役
秘録
父鷹子鷹
牧 秀彦
完結